给圣彼得的报告

Report to Saint Peter

〔美〕亨德里克·威廉·房龙◎著

颜海清◎译

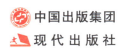
中国出版集团
现代出版社

图书在版编目（ＣＩＰ）数据

给圣彼得的报告 /（美）房龙著；赖海清译 . -- 北京 : 现代出版社 , 2016.3（2023.9 重印）
（房龙真知灼见系列）
ISBN 978-7-5143-4534-6

Ⅰ . ①给… Ⅱ . ①房… ②赖… Ⅲ . ①传记文学—美国—现代 Ⅳ . ① I712.55

中国版本图书馆 CIP 数据核字 (2016) 第 024245 号

给圣彼得的报告

著　　者	（美）亨德里克·威廉·房龙
译　　者	赖海清
责任编辑	周显亮　哈曼
出版发行	现代出版社
地　　址	北京市安定门外安华里 504 号
邮政编码	100011
电　　话	010-64267325　010-64245264（传真）
网　　址	www.1980xd.com
电子信箱	xiandai@vip.sina.com
印　　刷	永清县晔盛亚胶印有限公司
开　　本	700mm×1000mm　1 / 16
印　　张	10
版　　次	2016 年 4 月第 1 版
印　　次	2023 年 9 月第 5 次印刷
书　　号	ISBN 978-7-5143-4534-6
定　　价	58.00 元

　　《给圣彼得的报告》是亨德里克·威廉·房龙的最后一部著作，也是一部未完成的遗作。在他过世后的两个星期，这些差不多有200页的书稿摆到了房龙先生的美国出版人的面前。如同他之前许多非常有名的著作一样，房龙将他的书稿写在了厚实的橘色纸张上。作为跟房龙先生共事多年的编辑，我被召唤来先过目一下这些可怜的、单薄的书稿（他的个人作品总是篇幅浩大，是他广阔的胸襟和深邃的思想的体现）。作为一篇记录其生平的著作（《给圣彼得的报告》还能是别的什么呢？），威廉并没有追溯其学校生活。这篇自传只让读者窥见了很少一部分房龙的童年生活，更多的则是关于人类的故事。其结果就是，亨德里克·威廉在几十年间，用这些历史幻想曲给全世界上百万的读者带来欢乐。

　　在他生命旅程的最后几个月中，当亨德里克·威廉将他所剩精力都投入到战争和相关活动的时候（这足够耗尽一个完全健康的人的精力），我忘记了在那最后的日子里，著书应该只是"空闲时间"的消遣。所以，我意识到，只有房龙夫人才能告诉读者们，为什么房龙先生会写《给圣彼得的报告》这样一本带有预言性的题目的书。最初，我打算摘取任何他给我的信息的一部分，但是看到这封发自老格林尼治的信时，我觉得除了再现它的全部，其他任何行为都是不合时宜的。

华莱士·布罗克韦（Wallace Brockway）

1946年1月8日

1

亲爱的华莱士:

你问我为什么亨德里克·威廉会想到要写《给圣彼得的报告》。嗯,事情是这样的。

另外一本大书快要到期了。上一部是《房龙的生活》。在那之前的是一些与格雷丝·卡斯塔内塔(Grace Castagnetta)合作的音乐书以及托马斯·杰斐逊(Thomas Jefferson)和西蒙·玻利瓦尔(Simon Bolivar)的小传记。《房龙的生活》在1942年出版,而当时已经是1943年了。另外一部"大部头书"已经计划要出了。

在过去的十多年,亨德里克一直对"平凡人"(The Average Man)这个题目印象深刻,但是,都没有找到适合这个题目的内容。你认真考虑这种情况就会发现,平凡人都做着普通的事情,生活中没有那么多戏剧性的感染力——也就不能够撑起一部大作品。也许看过《妇女家庭》中故事的人会发现,故事中女主角所遭受的磨砺和苦难远超过任何一个普通人可能遭遇到的。

很多人建议亨德里克写自传,而我也希望他写。他曾经四处游走,愉快、安全而又有目的性地环游过世界,也见识到了许多普通人没有见识到的景象。但是,亨德里克对此感到不好意思。最终他说,如果我觉得这是个好主意的话,那么,他会实施。"但是它里面不会有传记"(他很喜欢小时候在荷兰所学到的关于希腊的知识。在那个年代,所有贫穷的小淘气包们都要接受这个课程)。所以,在1943年夏天他开始写作了。比起写作来,他更喜欢绘画。遗憾的是,书总是比画卖得更好。

是的,在一段时间内他在写这部自传,直到某天他想起一个激起他兴趣的题目——《给圣彼得的报告》(以下简称《报告》)。他说如果在他进天堂大门之前将所有的事情都写下来的话,那么,在他遇见老彼得的时候,圣彼得会比较省事。

我个人在看过其中几页之后,被他说服了,确定这本《报告》就是我们之前所说的自传,亨德里克自己也很喜欢,每个来看望我们的人都看过已经画出来的画。我的记事本里记录了一个日期,"M.H早上来看望我们,并看了《报告》一书"。

12月初,亨德里克受邀编写《荷兰陆军指南》一书,同其他小指导书一起由军队出版(顺便提一下,他并没有完成),这让他将《报告》一书搁置在初始的阶段。他决定写一本世界历史的新书。

1944年1月8日，我的记事本里记录如下："亨德里克决定放弃写新的历史书而开始写《平凡人》。"写了短短的前言之后，他又开始写《古斯塔夫·瓦萨时代》（以下简称"瓦萨"），这本书同《杰斐逊传》《玻利瓦尔传》一起列在一册青少年传记读物中。（《古斯塔夫·瓦萨时代》一书于1945年在美国出版。）

1944年2月是个糟糕的月份。亨德里克的心脏病一次又一次发作。战争愈演愈烈，他十分担心。有关写书的想法一个又一个地闪现在他疲惫的脑海中。3月的一个晚上，他决定撰写18世纪的历史，制订了新的计划之后，他高高兴兴地去睡觉了。第二天早上，他去世了。

华莱士，这是我能告诉你的，对《给圣彼得的报告》开篇所知道的一切。他可能会在停歇之后断断续续回到这本书上，但他太累了，以致不能长时间集中在这上面。我希望我提供了你所需要的。

吉 米

目录

给圣彼得的
报告

01 我出生的地方的环境

1943年2月9日

　　我出生于1882年1月14日。我不知道那个重大的夜晚是否吉星高照，也不确定摩羯座和大熊星座是否在天上的哪个空间同伊斯塔女神玩耍。我知道星相学从穴居人时期一直到他们的后代阿道夫·希特勒时期都在历史上起着重要的作用。我曾经认真研究过约翰内斯·开普勒（Johannes Kepler）为沃勒斯坦公爵和马蒂亚斯（Matthias）大帝绘制的天宫图。但是，我把星相学看成同手相术、命理学、《圣经》占卜、鬼魂占卜、肠卜、眼睛占卜、鸟卜、地卜、食卜、诗卜、手指卜、烟卜和先进教育法一样。

　　我不想说他们没有任何内涵。很多比我聪明的人都在研究小鸟的飞翔、手掌的掌纹、老鼠的行为、烟从烟囱中飘出来的方式或者公鸡啄谷粒的方式中找到了安慰。我曾经也读过他们的文章，某些诺查丹玛斯的疯狂信徒试图说服我，说这位法国医生绝对不是江湖骗子。而他对于拿破仑大帝以及里斯本的那次灾难性的涨潮的预见，并不像16世纪早期的巫师的胡说八道，这时，疑云笼罩在我头上。

　　大约15年前，当"大荒谬时期"使整个世界富裕的时候，当投机者看星相（因为缺少足够的信息）想知道"美国钢铁"会不会在第二天上涨20点或者下跌30点的时候，一个星象家协

耶稣会士在传道途中

会的姐妹劝我查明出生的确切时间。我赶紧给一个我出生时在场的婶婶写了信，她告诉我，那是1882年1月14日夜里的3点多一点儿，而接生的医生同这个新来者经历了长时间的战斗后说："嗯，他看起来安全了，声音也大，但是，上帝，请不要再让我经历这样的夜晚了，这小子应该至少有9磅重。"

当然，这种事情发生在早年。那时可敬的主妇们在她们家中隐蔽的地方生下孩子，而且当时手头没有秤，我的重量是由一个助产士估计出来的（或者是几个帮助医生的助产士，他们比普通的医生知道得更多）。但是，这个婴儿现在已经长成6英尺2英寸（1.88米）高，大概285磅重的人了（尽管我做了很多的节食减肥），每当想起母亲在此前受的苦，我就一阵战栗，痛苦了几个小时后，她得知孩子是个男孩儿，并且长得很像他的父亲。

这个十分不公平的安排常常让我难过，因为我很爱我的母亲，而我从来对我的父亲都没有真挚的情感。我不喜欢父亲的原因，当读者读到这部书的中间部分就会有所了解了。同时也会明白为什么我从来不喜欢我的长相。很小的时候，我就试图把我自己同父亲区分开来，但是，不管我怎样

　　我出生的房子已经不存在了。每当想起母亲在此前受的苦，我就一阵战栗，痛苦了几个小时后，她得知孩子是个男孩儿，并且长得很像他的父亲。这个男孩儿就是我。

努力，我都无法改变他在我的眼睛、鼻子，还有我的嘴形上面留下的痕迹。

这也同样解释了为什么我不是很喜欢镜子和照片。它们都提醒我那些我尽量想忘记的事情。这种厌恶甚至发展到这种地步，偶尔会有非常喜欢我写的书的读者请求我寄一张照片给他，我就会寄一张不是我的脸而是我的手的照片，因为我的手很像我母亲。

我想这就是我要报告的关于1882年1月14日的全部内容。我出生的房子已经不存在了。它在纳粹试图"给世界其他地方一个教训"而轰炸鹿特丹时被炸毁了，那些石头也被带到科隆以及汉堡——英国皇家空军曾经轰炸过这两个城市——成为重建材料。那条街也被并入一个新的城市修建计划，而不再遵从原来古老而可敬的老鹿特丹的原貌。

我家乡的档案馆也在纳粹沉迷于彰显其残暴行径的时候毁于一旦（其后也有很多的暴行，甚至变本加厉），所以，现在除了我自己以及一份当年1月15日《新鹿特丹报》之外，没有什么可以证明我曾在那个地方生长过。这份报纸非常神奇地出现在一个小箱子里。大概30年前，我用这个箱子来储存母亲的信件和其他个人物品，而在某一天(预感到另外一场战争的来临)，我从米德尔堡的一个储藏室里翻出我的书和一些东西送到老格林尼治的时候，我发现了它。

这份4页的报纸的头条是《伦敦一起新的耸人听闻的审判》，似乎有个叫作乔治·亨利·兰森（George Henry Lamson）的人因为急需钱用，就毒害了有3000英镑家财的自己的小舅子佩西·马尔肯·约翰（Percy Malcom John），他这么做是因为在他小舅子死后，会有一半的财产归小舅子的姐姐，也就是上面所提到的乔治·亨利·兰森的爱妻。

奎宁和乌头根是这场惨剧的主角。这两样东西原本在一般情况下是不会起作用的，但是，可怜的佩西·马尔肯·约翰是个残疾人，他抵抗不了乌头根对他脆弱的心脏和肺的伤害，很快陷入昏迷。有人把他背到床上（他一直喊肚子疼），并听到他呻吟道："这都是我的姐夫做的好事，这次他终于得逞了。"

遗憾的是，这篇关于《伦敦一起新的耸人听闻的审判》结束了，而且伦敦的报纸没有做后续报道，我也不知道这个"该死的姐夫"最后结局如何。但是，《新鹿特丹报》的英国通讯员毫不怀疑地认为，法官会严惩这个狡诈的罪犯，不出两个星期他就会被绞刑处死。

报纸的其他部分新闻会让那些鹿特丹的好市民感兴趣，因为他们深信加尔文所说的，不要浪费时间在那些"邪恶的世俗文学"上。还有一篇来自北极探险船"威廉·巴伦德赛"号（Willem Barendse）的指挥官的长篇报道：他到马延岛水域的第四次旅行即将成功结束。还有一篇是关于"少年犯罪"的报道，它预言了如果不阻止这些"道德和秩序的败坏"行为将引起怎样可怕的后果。一个来自海牙的不幸的20岁士兵宣称，作为一个基督徒，他无法穿着国王的制服被训练成为人民的杀手，而他被判3个月的拘留，还有6个月在特别军营中从事重军事劳动的处罚。一个市民非常高兴地接受了来自法国公共教育部部长的"法兰西艺术学院会员"的证书。斯海弗宁恩（Scheveningen）的渔民正在罢工，一个阿姆斯特丹的绅士收到一封匿名信，一个匿名的记者威胁说除非他得到50荷兰盾，否则就烧毁他的房子。通过常备不懈的阿姆斯特丹警察的英勇侦查，很快发现这封恐吓信是由一个前殖民地士兵发给他的姻亲的。

然后是有好多离开或者是到达的船只的讯息。一个蒸汽挖泥机已经安全地抵达库拉索岛，准备开拓威廉斯塔德海港。对咖啡的需求是"平稳"；而对茶的需求是增长的。纽约交易所前一天的石油报价是100美元6.875桶，费城也是一样，但是，现在的低价是没有希望上涨的，除非投机商发觉了利益增加的机会。

一个蒸汽挖泥机已经安全地抵达库拉索岛，准备开拓威廉斯塔德海港。

根据路透社的电报，甘必大在法国国民议会发表了一份关于修改法国宪法的讲话。维也纳的路透社报道了土耳其是如何试图争取德国和奥地利在埃及和非洲问题上的支持，罗马、维也纳、柏林和君士坦丁堡的大臣们相互交换意见。在遥远的巴勒莫成立了一个有限公司，目的是为了在埃特纳山山顶修铁路。一个愤怒的市民写信给报纸的编辑投诉，即使是在城市的偏远地区，也应该保留5美分车票的标准。德国歌剧正在上演《胡格诺》，来自海牙的皇家法兰西歌剧院正在上演《拉美莫尔的露契亚》。

莫里斯·森（Maurice Son）医生（根据新的法律，他的职业应该称为"D.D.S."）将他的工作时间改为早上9点到晚上8点，而他的同僚，白奇（Beich）医生同样延长时间，但是，他显然没有像他的对手那样延续那么长时间，不过，他声明他会"每天"都在办公室。还有另外有关医疗的是一册通俗读物的广告，这册书的主题是"普通感冒以及如何治疗"，作者是尼梅尔医生。他曾经将一本德国的作品翻译过来，书名叫作《儿童：给母亲们的建议和提醒》。一对都说外国语的夫妻，希望他们成为轮船上的乘务员"定期往返航于母港之间"。一个糕点师傅在招收助手，要求是天主教徒、未婚；一个阿姆斯特丹的公共捐助人（丹麦26号）出售抽奖券，并且人人都可中奖，最幸运的人可以保证每个月获得40万法郎。

一个拿着巨大瓶子的天使把人们的注意力吸引到"牙齿天使"上面——这种药能够瞬间将所有的牙齿问题解决；精致的"淑女"牌鞋子只卖25荷兰盾，而"最新款的纽扣鞋"现在只卖5.5荷兰盾；一个用德文写的百音盒音乐匣的广告十分引人瞩目，因为它的一半内容是反着写的。一家银行新开张，正在寻求50万荷兰盾的资金投入。纽约辛格制造公司提出，租用它的最新型机器只需要支付每周1荷兰盾的租金，如果用现金支付的话则只需要支付18荷兰盾。有人在求购一个工厂的铁烟囱。一个叫J.A.文贝克的宴会承办专家提出，他可以用快乐的诗歌、无尽的笑话和惊喜来愉悦任何宴会。一些海运企业家，列出了他们的轮船的船长的名字，宣布这些船只（同其他一起）即将起航：哈兰斯堡尔号（400吨）、丹米崔斯号（Demetrius）（380吨）、森马兰（Semarang）的康多号（Condor）和鹿特丹市号（都是一样的700吨）、苏拉巴亚号（Surabaya）、格拉斯高号和克里斯提安尼亚号（可破冰），还有在第二页的底下某个地方有两行文字告诉繁忙纷扰的世界，E.J.房龙·汉肯（E.J.van Loon·Hanken）夫人生了一个儿子。

大约20年前，我沉浸于我的哲学情绪中（这种情绪让我的家人说道："我们祝愿爸爸能够走出它，重新变得快乐！"），我受到一个问题的困扰，那就是：环境究竟对于一个人的成长有怎样的影响？我积极地到普罗伊兹（Ploetz）博士的著名的历史摘要里面搜索（哪怕是蛛丝马迹），看是否能发现，在我第一眼看见月光的晚上（因为从报纸上我看到1月14

日的天气报告表明，当晚月光皎洁），有事件发生。但是，我发现1882年是人类有史以来最平凡的年份之一。不久之后，在我漫无目的的阅读理查德·瓦格纳（Richard Wagner）的生平时，我发现瓦格纳刚好在我出生前的几个小时完成了《帕西法尔》（*Parsifal*）这部戏剧。然而，我却没能发现这两个事件之间的联系。天知道我是一个傻瓜，但并不是纯傻瓜，我贡献一生追寻的"圣杯"同上帝在最后的晚餐跟他的信徒们饮酒的"圣杯"大不相同。

02 鹿特丹，我生长的地方

对于后代来说，纳粹让很多事情更加简单。鹿特丹人从未热烈的喜爱艺术。他们习惯性地忽视在这个城市出生的文学家。当然，这里有伊拉斯谟的铜像（德国人的轰炸引起大火后，它被融化了），但是，这个铜像的建立更多的是迫于外界的压力而不是本地人的热爱。对于荷兰人以外的人来说，鹿特丹之所以著名，在于它是那个时代最有学识的人的出生地，而如果各种各样的外国人来到这里瞻仰伊拉斯谟时，发现连他的明信片都找不到，这是说不过去的。另外一个被认为是"国家赤子"的文学家，他的雕像矗立在公园之中（据我所知，现在还留在那里），叫作亨德里克·托伦斯（Hendrik Tollens，1780—1856）。没必要在你的百科全书里寻找他，因为那上面并没有。他是一个可敬的老绅士，同时做点粮食生意并写了一些高度爱国的文字。他的一首诗不知道怎么被提高到国家颂歌的高度。那是一首略带伤感的优美的打油诗。如果不以感情做判断的话，他并不是一个莎士比亚式的才子，但是，在他还活着的时候，他就被巴尔的摩的市民们奉为莎士比亚式的才子。所以，亨德里克·托伦斯的雕像由当地人捐款用大理石雕刻。但是，不知我的祖国的市民捐助（虽然是捐谷物）是因为他们看到托伦斯诗歌中的爱国情感呢，还是他们真的很爱他，我无法判断。可能两者都包括一些。

在大教堂里面有一些非常好的墓地，那是六七位17世纪为荷兰的商业繁荣做出过巨大贡献的海军将领的陵墓。鹿特丹的居民铭记并感谢他们。

但是，说到艺术家，那些留着长头发、穿着天鹅绒外套、对花钱天生冷淡的家伙们，就另当别论了。因此，我怀疑家乡的市民对于在我出生的房子的正面挂上纪念牌这件事是否感到不情愿。就像我之前所讲的那样，希特勒把他们从这种不情愿中解救了出来，因为在德国空军盘旋包围这座城市几个小时之后，他们向无助的民众俯冲而来，射杀和烧杀了成千上万的男女老幼，那座房子跟这个古老城镇的其他房子一起被烧毁，整个城市变成了废墟。

所以，我出生的房子现在剩下的只有一个地洞。它是个地窖的宽广网络，现在肯定被暗淡的无用的瓦砾所填满，就像那座中世纪修道院的废墟一样，它是鹿特河右岸沙滩上建立起来的最早的宏伟建筑，而鹿特河正是这座在它旁边建立起来的城

鹿特丹是伊拉斯谟的出生地。

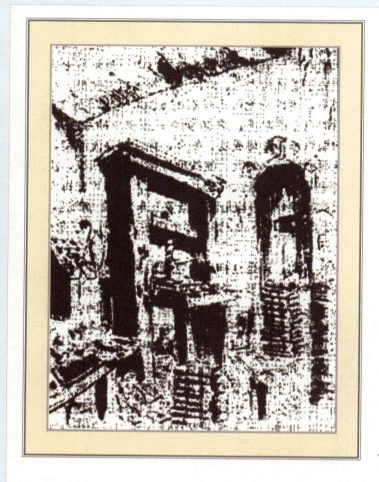

印刷机

镇的名字的由来。

　　这些地窖是我早期的记忆之一。那天（那时我应该有4岁了），我漫步走出了厨房，迷路的我在从未感受到的黑暗中知道了它们的存在。我放声号叫并很快被救出来，但是，厨娘又夸张地渲染了这个地方，她告诉我，这个可怕的地洞非常深广，据她听闻，曾经有几个胆大、淘气、没有经过父母的允许就进去的小孩后来一直都没有找到，直到很多年后的某天，他们被老鼠啃白的骨头被带到地面上来。多年后再想起这个故事，我发现它被显著夸大了。我们家的这个地洞事实上只有一般尺寸大小，但我从没有找出是谁挖掘的。这大大满足了我的历史兴趣，我开始想象这些地窖是由多米尼加人所建造的，他们肯定在我家房子或者附近建过一座修道院。但是，多年之后，当我了解了鹿特丹早期的历史之后，问题比我想象的还要复杂。

我们没有尼德兰王国第二大城市的鹿特丹的早期地图，同样地，关于荷兰大城市的早期文献也非常少，其原因非常简单。这些城市本身只有比较新近的发展历史，直到荷兰摆脱西班牙的束缚，开始把他们在鲱鱼交易上赚到的钱投资在印度的时候，他们才独立发展。那个时候，他们才有能力自己支付印刷机和雕版印刷的费用。然而，在16世纪，这些地方仍然是发展较快的村庄，交通便利，因此成为当时更加偏僻的内地的交易场所。所以，这些城镇早期的平面图都是纽伦堡制造的，或者由一些意大利出版者描绘。在16世纪，人们对于地理的兴趣就像现代人对于飞行和电台的兴趣一样。

那些无奈留在家里的人，非常急切地想了解这个星球上的其他地方，很幸运的是，书上有很多关于旅行和外地的知识。随着时间的推移，低地国家受到关注，那里的城镇常常被提及，如果哪个城镇很重要的话，就会在最后附上两页纸的地图。但是，这些地图都是在当地描绘的。我们现在知道早期的意大利和南部德国出版商是怎么工作的了。他们雇请两种雕刻家——少数几个一流的技工，他们待在家里面做雕版；另外一些水平较低的人则被派遣到国外，提供当地的草图，然后，那些一流的技工就可以完成剩下的工作。

大体上来说这些观察者是近距离观察的，但是，当遇到城镇的细节问题时，很多实例可以证明，似乎他们只是用一些草图，或者只是用铅笔标明了一下他们想要跟在国内的人传达的信息："这里有个城堡"或者"一个停满船的海港"或者"牛棚和菜园"或者"画一些树"。如今，我们必须在这些看起来很迷人、但不很科学的平面图的基础上重建我们的古老城镇，这也带来了很多的困难。

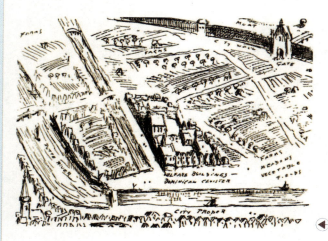

出版商办公室里挂着的雕刻家们理应雕刻出来的略图。

　　我曾经非常仔细地比较了鹿特丹所有早期的地图，我想我现在对我出生的地方（也就是我曾祖父同那个牧师尴尬地问候"早上好"的地方）在当时大致是什么样子有清晰印象了。那个牧师应该是那个男孩儿的父亲，男孩儿的母亲是个女仆，所以，她本应该更加小心谨慎。如果只有一个私生子可能会被忽视，而连续两个有点太多了，这种情况下，这两个"野种"就会被送到母亲附近的亲戚那里，然后祈祷上帝他们永远都不会回来。

　　那么，现在看起来鹿特丹港的最早部分是沿鹿特河的右岸建立起来的，也是在这个地方，一条小溪流汇入马斯河中。为什么鹿特丹港前的河叫作马斯河——它也是莱茵河的支流，这个问题我一直都没有找到答案，但是从一开始它就叫作马斯河。

　　曾经，这样的安排给整个荷兰带来巨大的破坏，人们认为这是最不好的称呼。1810年拿破仑乘机宣布，因为整片土地都是墨兹河（就是流经法国部分的马斯河）的泥沙冲积而成的，所以，荷兰应该隶属于他的法

14

兰西王国。因此他就像天生拥有这个权利一样，不费吹灰之力就将它兼并了。这次劫掠如此有效率，以致荷兰人用了一个世纪才从这次打击中恢复过来。

我不得不回到这个悲伤的话题，因为这次兼并似乎也剥夺了我的家庭仅有的一点光荣，但是，我在这里提到它是因为，一直听我提到马斯河的读者会说："但是从你的图上看来，好像鹿特丹港位于莱茵河旁边而不是马斯河。"读者是对的，只不过在鹿特丹，莱茵河被人们叫作马斯河，所以，没有必要纠地图的错。

在鹿特河和马斯河边渔村的人们从他们的最高统治者——荷兰公爵那里得到了准许，要把这个地方建为有一般市民权利的城市，他们就要建筑石墙（这是中世纪时期人们要把居住地圈成城镇的时候要做的第一件事情），因为他们期望这个新建的城镇有很快的发展。他们将鹿特河左岸一大片荒废的地方圈入其中，这样就有更大的空间，让这附近的地区越来越多的当地人进入这个安全的围墙中，在这里他们可以共享这个新的贸易和产业中心的繁荣保护下的生活利益。

像现在一样，负责公众福利的官员倾向于将必需但又是城市生活中非常讨厌的机构放在公众视野之外，并且是离城镇中心很远的安全区域。而且，既然城市似乎在按着码头的大概方向朝南方和西边发展，许多机构比如说医院、麻风病所、疯人院、少年管教所、女子监狱、停尸间以及孤儿院都被搬到鹿特河的左岸，形成了或多或少保存了几百年特色的综合区。

原先的镇政府办公楼矗立在原地，现在依然保留着跟我出生时一样的结构。我人生的最初7年可能是在它正门的对面度过的，当时，它是个非常普通的建筑，在19世纪30年代曾经被大修过，修成了当时欣赏的希腊神庙风格。我从来没有见过这些古代建筑，它们在很长的时间内庇护了病患、畸形儿、麻风病人、疯子，还有其他居住在极容易受到灾难和流行病袭击的河岸的流浪汉和社会遗弃人员。当时，这里的人均寿命只有30岁，每个人都不得不匆忙地完成每件事情。然而同时，这座为无力照顾自己的人谋取利益的"福利城市"也表明，市民们照顾社会中不幸成员的责任感非常强。

宗教改革在有利的效验方面就是废除了旧信条。加尔文丑陋的宿命论信条——永恒的上帝在一开始就预见了：所有的人不是永远地快乐，就是永恒地痛苦——让人们没有机会通过向着正确方向努力，或者是同上帝清算旧账来弥补他以前的过错。

加尔文（他后来成为我最憎恨的人之一）肯定不会容忍对上帝的这种贿赂。你要么预先注定了获得拯救，要么下地狱，而你所能做的就是祈求最好的结果。我在这个该死的信条的阴影下过完了大部分的人生。但是，我很高兴地说，我的很多邻居，即使他们宣称是那位来自日内瓦的法国改革者的虔诚信徒，他们也从不会让理论严重地干扰实际生活。中世纪的信条对人们有着太根深蒂固的影响，以至不能完全清除。尽管他们可能每天都在担心等待着他们的命运，他们仍然觉得自己并

原先的镇政府办公楼矗立在原地，现在依然保留着跟我出生时一样的结构。

不只是教友的看守，他们还对那些人生无时无刻不被厄运所纠缠、确实没有得到上帝"赐福"的人负有责任。虽然古老的荷兰共和国的城镇和乡村都生活在没有任何民主迹象的统治之下，但是，那些富有的商人觉得上帝召唤他们当市镇的管理人，他们理应怀有相当的责任感。

那些跛的、瘸的、瞎的、身体或者脑子残障的，还有太年老或者太年幼以致不能照顾自己的，都受到尽管不算优待但也算体面的照顾。而那些非常有自尊的宁愿死也不愿意接受捐助的人，有一个叫作比津院（Beguinages，在荷兰语中叫Begijnerbof）的地方可以去。

在这里，每个受尊敬的老妇人都可以得到一个属于她自己的房间，她可以在自己的家具、开心日子收到的纪念品，还有她的猫的陪伴下死去。

因为这些不幸的人们需要很多照料，而中世纪的社会服务大部分都由教会承担，所以，比津院就很自然地建在修道院旁边。对我们来说（在我的祖国），多米尼加修道院就是"比津院"。多米尼加修道院在1444年曾经扩建和重修过，但是1563年的大火将它焚毁。这场大火也烧毁了鹿特丹的大部分地区，这也促使法令规定，从那以后建造的房子都要（如果可能的话）用砖结构而非木结构，并且绝对禁止在市区内建造茅草顶的房屋。

那个时期（16世纪晚期）之后，茅草屋顶几乎在荷兰的乡村和城镇中消失，取而代之的是红蓝亮色的瓷砖屋顶，这也使荷兰的地面风景美丽如画。

在荷兰经过宗教改革之后，这种多米尼加修道院消失了。"布道者"，就是人们所知的修道者，他们是"上帝的奴仆"，擅长传播福音，是中世纪口才出众的演说家。他们被赶出家园，而且被剥夺了靠劳力谋生的权利，要么流落到只有上帝知道是何处的地方，要么皈依新教，成为小技工。而他们的修道院变成了啤酒厂，后来又成为杜松子酒工厂。

因为人们对于精神病有了更加人性化的认识，所以，不再支持将精神病人隔离在密不透风的地窖中。

　　其他的委托他们照顾的慈善机构也一个接一个地消失了。鼠疫病院成为多余的地方，因为卫生保健的发展，这种疾病变得越来越少见，最后也就一起消失了。麻风病也变得少见，以至没有必要保留那些隔离病人的特殊医院。

　　因为人们对于精神病有了更加人性化的认识，所以，不再支持将精神病人隔离在密不透风的地窖中。如果他们不会对自己和家人的安全造成威胁的话，他们可以同家人一起居住，或者寄居在穷困的家庭里，由政府提供津贴，这种方式也为穷苦的家庭增加额外的收入。孤儿们，作为教堂期待未来能领圣餐的人，成为神父们要特别照顾的对象，他们被安排在更好的环境中，这也让我们对16世纪人们卫生知识的缺乏有了认识。曾经有一段时期，孤儿们被安排住在过去是麻风病院的地方，后来这里变成废弃的教堂。渐渐地，这些慈善机构一个个地，要么倒闭，要么变成工厂的仓库。

我出生时，这些建筑经过了如此多的修理和变化，以至没有一个与它300年前的样貌一致。但是，不管怎样修理或者重建，这些建筑所在的城镇始终保持着最初鸽子窝般拥挤的样子。

当然，这并不是什么特别聪明的发现。除非一个城镇被彻底毁灭，就像鹿特丹在那时被纳粹所摧毁一样，它一直都会留有最初的痕迹。在巴黎，如果你幸运地认识一个熟知巴黎西部鲁特西亚历史的人，就可以很容易地再现这座古老首府的面貌。叛教者朱利安（Julian the Apostate）称之为"亲爱的鲁特西亚（Lutetia）"，圣丹尼斯（Saint Denis）在这里第一次向长头发的市民布道。自从我写皮特·斯特伊弗桑特（Piet Stuyvesant）的生平传记开始，我就能很容易看懂新阿姆斯特丹的原始地图，就像看我们喜爱的费勒（Veere）的地图一样。费勒的居民从中世纪末期的7000人减少到800多人，而且只保留了1/20的古老建筑。

我不知道斯大林对莫斯科做了什么，虽然1812年拿破仑入侵的那场大火烧毁了这座城市的很大一部分，但是，其面貌并没有非常显著的改变。伊凡三世（与哥伦布同时期）曾经从意大利请来一批工匠，把他的首都打造成"现代都市"的模样。但是，我最神奇的经历发生在法国南部城市莱斯波克斯（Les Baux）。我不知道有多少读者到过这座奇妙的岩石城市，它的领主曾经是君士坦丁堡的统治者，在长达几百年的时间里，这里是普罗旺斯的生活中心。这里并没有遗留下什么古代的光辉，但是，我认识一个在这里居住多年的英国雕刻家，他知道这个俯瞰周围地区的高原的每一个细微之处。他曾经带我到一片土地，问我有没有发现什么特别之处。我说没有，只有一点不起眼的草地。然后，他指向一排矮矮的树桩，上面还有生命的痕迹。据他辨认，莱斯波克斯在罗马人到来之前，曾经是个史前朝拜地。这些树桩就是通向岩石边缘的史前朝拜地的树的后代。一旦人们能看到这些，这个史前建筑的情况就一目了然了。

后来，希腊人来了，然后是罗马人和其他不同部落的人侵占了普罗旺斯，这里作为希腊文明的继承者，在很长时间内都是欧洲文明的中心。每个侵略者都将之前入侵者建立的建筑物推倒，最后，黎塞留的大兵将整座城市推为废墟。

同样，这里曾经以史前城镇开端，而现在仍然带有其源头的明显痕迹。我出生地的社区也是一样，虽然过去的300年间很多东西重建了，但是，它仍然保留了最初时模样的痕迹——用于各种慈善目的的建筑物环绕着修道院，它们没有根据任何计划建造，而是随着时间不断地增加他们所需。

这种最初的特征覆盖了整个地区。我们的房子就有很多的房间和楼梯，没有两个房间在同一层上，长短不一的楼梯延伸到各个地方。我自己的小房间（在我能够享受这样的奢侈的时候）就像是吊在半空中，因为它下面的空间属于另外一间房子。厨房是起居室下面的两段楼梯，同时也用作餐室（这在当时是非常普遍的）。透过餐室后面的窗户可以看到别人家的院子，那应该是原来的修道院花园的一部分。这个巨大的阁楼式是个双层房，这表明曾经有一段时间（在商人们还居住在他们的仓库的时期），这里被用作储存日用织品或者奶酪或者其他东西的仓库。因为那些烟囱像树木一样高耸在房顶之上，所以我从没能分清楚哪个是我家的，哪个是邻居家的。

因此，那个地方总是能吓到小孩子。我从小胆小，但是，大人们告诉我要勇敢，所以，每天晚上手中拿着蜡烛独自走到小房间的时候，我经历了很大的痛苦。

这里有个地方是我最害怕的，那就是从大楼梯转向我自己小房间的阶梯，对着这个连接处的墙上有一面大镜子。有人送给我一本画有恐怖的妖怪的画册作为圣诞节礼物。

负责将我带到床上的女仆曾经告诉我，如果我经过镜子旁边的时候时钟敲响的话，就会有某个妖怪跳出来咬我。当然，这样吓小孩的仆人或者保姆理应被开除，但是，我的父母怎么会知道？当然，我不愿意告诉他们，因为那样的话我就会被笑话，被称为胆小鬼。所以，每天晚上，我的心都承受着恐惧的折磨，我会蹑手蹑脚地经过大镜子，心中祈祷大钟千万不要在那个时候敲响，不要让妖怪出来咬我。

接下来就是发生火灾的夜晚。虽然听起来不可置信，但是，在上个世纪（指19世纪）的80年代，荷兰最大的城市仍然没有职业的救火队。同几乎每周都发生的大火（这个城市有很多的仓库，因此极容易着火）作战的事情都留给了那些业余的消防队。为了改善这个可悲的情况，人们做过很多努力，但是都没有用。能够在火灾开始的时候就"出水"的救火车可以得到一笔非常可观的奖金。这个奖金的总额如此之高，以至这些用人力拉的小型救火车在全力奔向火场的途中发生翻车的情况非常普遍。在这种情况下，其他竞争的队伍经过这些倒霉的对手旁边，奔向他们宣称他们第一个"出水"的地方。

为了给这种现象立一个名声，它被描绘成"传统市民精神"的表现。每个市民都有责任参与，当然，在阶层分明的我的家乡，这件事情必须在绅士和普通民众都相互不过多干涉的情况下方能成功。每辆救火车都有它自己的救火队长，队长是从社区的绅士中选拔出来的，而其他那些拖车和抽水的人则是来自于更低的阶层。

这两种人是由队长所佩戴的鹿特丹军服颜色的饰带来加以区别的，这种绿色和白色你们可以在荷兰—美国航线的轮船的烟囱上看到。他通常还拿着一个同样颜色的长棍，这个棍子用来敲碎着火的房子的玻璃，以便于消防队员进入房间，开始室内的救护工作。

这些建筑着火的大部分原因就像现在一样，多半是因为失误——因为抽烟不小心而点燃了床褥，或者是烟道堵塞——我不知道这些救火队究竟能起多大的作用。但是，每个家庭都以能够在祖传宝物中找到一两件有历史的遗物而自豪，我非常遗憾自己没有保存好我父亲曾有的这样一件遗物，这件物品也许可以让我想起我父亲少数让我尊敬的品质。他很喜欢他的救火队，不管下雨、下雪还是雨夹雪，一旦有火灾的警报，他就会跑到街上，打开附近的火房（一种由两位有良好教养的人管理的石头房间），然后就会看到他带领着他的伙计们飞奔。

如果我没有记错的话，我大一点的时候出现了一些用蒸汽操作、而且用马拉的救火车，但是，它们只在正式场合或者当人工的水泵不够用的时候才出现。大部分市民不看好它们——可能是有效的新鲜事物不怎么招人喜欢。就像中世纪末期，骑士看不起热兵器一样。它很有效，但是，绅士们不会去碰它，结果在贝托尔德·施瓦茨（Berthold Schwartz）的发明面世的最初50年里，只要看到有人拿着大口径短枪，可怜的人将无一例外地被吊死在树上。

当然，这是完全正常的反应。同样的事情也发生在25年前，在第一次世界大战期间，当德国人第一次使用毒气的时候，很多好心的女士和先生们就写信给报社，要求无论谁使用"这种残酷的方法杀死他的敌人"，都要被就地正法。当然，用毒气是十分丑恶的，因为受害者会遭受很大的痛苦。而对这类残酷的杀人工具感到义愤填膺的好心人，不会看到榴霰弹对蹲在战壕中的健康年轻人的残害：它将他们变成碎片。

战争从来都是如此肮脏，我总是惊讶于人们会犹豫于该选择哪种方式把他们的敌人撕成碎片。他们让我想起那些单纯的市民，这些市民认为有些疾病是好的，而有些并不是那么好。他们对伤寒病症总是怀有一定程度的尊敬，然而却对染上梅毒疾病的同伴恶言相向。疾病就是疾病，不管它在怎样的外表包装之下。但是，他们就是不承认这个事实。这种奇怪的信条深远地影响了他们的观点，以至他们非常愿意协助查找能够去除麻风病或者白喉病的方法。但一旦有人跟他们讨论性病的话题，他们就会表现出非常决绝的愤怒。他们希望使用道德戒律去与之斗争。除非细菌成为基督徒，否则我认为这些努力都会无功而返，悲剧收场。这是老生常谈的话题，我认为，在我们发展出一个不是基于对满怀愤怒和报复心的上帝的崇拜的新的伦理体系之前，任何努力都是徒劳。在我写下这段话的未来几百年内，这个新伦理体系都不会出现。

但是，我刚才说的是另外一个同样奇怪的心智倦怠——那是我小时候，鹿特丹的居民固执地不愿意接受变化，而在这座城市600多年的历史中，有六次遭遇火灾，却没有成为灰烬，这不得不说也是一个奇迹。鹿特丹的居民宁愿坚守中世纪的先辈们遗留下的体系，也不愿意改进救火的实际方法。当然，他们抛弃了再也没有必要存在的水桶队，因为现在为了给马车交通提供便利，城市里到处都建了水渠。他们现在使用的消防车是17世纪后半期荷兰人的发明，荷兰人是当时世界上最好的水泵专家，他们正努力在短时间内抽干所有内陆湖的水，以给不断增加的人口提供空间。如果英国人在1666年火灾时有这个设备的话，就不会造成那么大面积的破坏。虽然人们都知道这些现代的救火车的作用（他们受到很多由皮埃尔·范·帕森的同乡，高尔因其姆人扬·范·德·海登画的版刻画的宣传影响），但是，他们最初仍然遭到很多的质疑，就像现代人一开始对汽车和飞机的怀疑一样。

碰巧在17世纪的时候，荷兰人是所有民族中最警觉的。因为扬·范·德·海登（Jan van der Heyden）的杰出作品，救火车被宣传到每个镇子和村庄上。但是，跟荷兰成为17世纪最先进的国家一样神奇的是，他们在下一个世纪变成了最顽固的民族。我确定，在我小时候鹿特丹人用的救火车要么是几百年前的原版车，要么是那些车的复制品。他们总是轰轰作响，乒乒乓乓、叮叮当当。从我们的地理书上的画上可以看出，它有点类似小型的卡车。它有四个小轮子，四个轮子没有一个看起来同其他相协调。他们安得如此之低，以致人们总觉得它会被鹿特丹铺满石子的道路绊倒。它们看起来跟一个船屋一样庞大，而且因为它们是由人力拖拉前进的，没有固定装置，所以，他们总是在走过鹅卵石路时摇摇晃晃，也成为那个无聊的时代把火灾当作一场游戏的小男孩儿们的恐怖终结者。

作为一个受过优秀教育的小孩儿，我从来没有跟在救火车后面跑过，但是，少数情况下，我幸运地在堤坝旁边看到他们，虽然这些堤坝现在已经变成了街道，他们还是像以前一样，比城市中其他地方要高得多。当这些车滚下坡面的时候，救火员们就会急速地跳上车，在到达水平路的时候将它停好，然后，把那些用来拉这个庞然大物的绳子套上去，差不多要花

大屠杀

5～10分钟才能整理好。

不管怎么说，我喜欢火，就像其他的小孩子一样。但是，还有一个与这种市民消遣相关的东西让我童年期间做了很多噩梦。当一个人还小的时候，梦——特别是噩梦——在生活中扮演着非常重要的角色。

在中世纪，火灾是通过敲响教堂的其中一个钟来通知的。其他普通的钟只用来通知教民来参加祷告或者为神教服务的，而不会用来通知火警。相比其他钟而言，声音较为沉闷的钟被选作"火警钟"，除非城市面临危险，否则，它是不会被敲响的。

那些关于屠杀和鲜血的故事让一个6岁的孩童晚上辗转难眠。

但是，在法国统治时期，这些先进而高效的制度被取消了，再也没有钟响了。通知民众火灾发生的工作由警察来完成。每个警察都有一个哨子。每当火灾发生，他就会吹响那个该死的东西，然后，其他的警察听到之后也开始吹。很快，整条街上都会充斥着这尖锐的噪声，就像年幼而可怜的小牛犊在呼叫它母亲的声音一样。

我相信那些对睡眠这个非常重要的课题做过深入研究的人会告诉我们，如果有人宣称他做了一个几小时的梦，那一定是错误的。根据教授们的说法，梦最多不过持续几秒钟，如果有那么长的话。他们可能是对的。但是，我清楚地记得，当这些哨子开始吹响的时候，我就会进入长达几个小时的极度痛苦之中，直到恢复意识，再次进入上帝赐予人类最美的礼物之一——平静的睡眠之中。

在那段痛苦之中，直到我最后意识到自己躺在小房间里，椅子上我的衬衫上面覆盖着紧身裤（根据早年的习惯，就是应该这样摆放），而我的父母正在离我房间几步之遥的房间里面睡觉——在那无穷的绝望中我总是做同样的梦。鹿特丹镇被西班牙人所占据，我听到了外面传来伴随着掠夺和杀戮的尖叫声。很快，这种恐怖降临到我自己的房间，一个穿着铁衣的沉重大脚踏在台阶上，出现了一个长着细长鸟嘴、黑色敏锐眼睛的男人，他的短剑在月光下闪闪发亮。在一声虚弱的尖叫声中，我渺小的尸体被丢出窗外，放在车上，扔进河里。

我怎么会有这些幻觉呢？我要怎样才能逃脱这些幻觉？我母亲每天都会带我去散步。如果天气不好，我们就只在镇上走，我一定会（因为它只有一步之遥）经过可怕的"恐惧堡"（House of a Thousand Fears）。对于这座特别的房子的存在没有任何疑问，因为它前面的墙上的绘画（用彩色瓷砖做成）具体而现实的描绘了在这里所发生的一切。这就是故事的全部。

当愤怒的西班牙人发现鹿特丹人走向叛变的时候，他们屠杀了这座城市（而希特勒又对我们做了同样的事情），只有信奉天主教的家庭免遭厄运。为了区别那些住着新教徒的房间，他们在自家房子的前门画上血十字。而住在这个特别地方的家庭中有一个小孩儿养了一只小山羊。他的父亲杀死了这个可怜的动物，用它的血在前门上画了圣洁的教堂的标志。然后，他和家人、朋友撤退到地窖里面，在那里躲了三天三夜，等到这些愤怒的西班牙人走掉之后他们才回到地面。为了纪念那个焦急的时刻，这个地方成为著名的"恐惧堡"，它也被保留成为古代残酷行为的例证。

1906年，因为联合出版社的工作，我出差到俄罗斯，我见到了画在波兰小屋门上类似的十字（只是这里的十字是希腊式的而不是拉丁式的），沙皇的士兵为了给他们无聊的生活寻乐而进行了几次屠杀。犹太人成了受害者，他们迫于无奈杀了他们的狗和猫，用它们的血来画敌人的救世主的十字。

在那个战争时期，当阿道夫·希特勒的爪牙们残害"破坏和平"的犹太人时，我肯定这种绘画标志再次出现了。这些现象让人很难同时成为历史学家和乐观主义者。但是，在我6岁的时候，这些兽行已经属于非常久远的过去，那种恐怖绝不可能重来，他们只是激发了我的文物研究天性。这让人们非常感激于出生在一个不会大埋活人，或者是因为教派不同而将人烧死在木桩上的时代。但是，对于一个想象力丰富的小孩儿来说，这些东西是他们的噩梦的来源，因为它们同那些警察吹响的哨声相联系，然后就创造出了关于侵略和屠杀的完整画面。

另外一个跟这些噩梦有关的历史记忆就是一首诗（我想是我第一首能背出来的诗）。这首诗歌颂了一个当地的铁匠，由于他的功劳使得这座城市几乎（但不是完全）避免了菲利普国王的愤怒而又饥饿的瑞士雇佣兵的蹂躏。因为把所有的指责都归到西班牙人身上是十分不公平的。菲利普国王的将军和高级将领都是西班牙人和意大利人，而那些下层步兵都是瑞士雇佣兵。这些为了赚钱的山地人，不会在意他们处在什么阵营，他们只在乎每月的薪金以及偶然攻打富裕的小镇时通过劫掠能得到的额外收入。

当经历了一系列预料之外的战败之后，皇帝的勇猛军队面临要么退回到鹿特丹，要么两手空空回国的选择，而这个铁匠赤手空拳地坚守住了城市的大门，将数千名皇家军队抵挡在外。据传闻，他在被制伏和俘虏前撂倒了50名士兵。这首诗刻在城门原来所在的墙上，它并没有很高的文学价值，但是有非常简单易记的韵脚：

> 伍尔坎之子的铁锤
>
> 让我们的城市免遭玷污
>
> 神勇挥拳向敌人
>
> 重挫暴君爪牙50人

我可能没有完全背对，但又不能去检查它，因为希特勒还占据着那里。但是，我清楚地记得它的开头，我对那句"伍尔坎之子的铁锤"的印象非常深刻。我很喜欢在街角看铁匠。鹿特丹的很多方面仍有乡村气息，人们可以看到铁匠们工作，给马上铁蹄。

看留着胡子的大个子（大胡子是这个古老而可敬的行业成员的标志）把烧红的热铁灌进各种各样的模具里，是社区最好的娱乐。我对铁匠的兴趣可能是源自铁器时代的遗传，当时人们最终从石器时代解放出来，对铁器武器和工具的时代的到来感到十分满足，就好像现在我们这一代对电气时代的感觉一样。当然，在我6岁的时候并没有这些复杂的想法。我喜欢看这些强壮的家伙工作，因为在我4岁的时候，得了异常严重的疾病（可能是伤寒症），身体变得发育不良而脆弱，所以，我给身体孱弱的自己的精神补偿，就是对那些孔武有力的人的过分崇拜，不论是将铁闩弄成铁环，还是抬起一麻袋的粮食或者是整桶的啤酒。而他们之中最强壮的那个人，那个"神勇挥拳向敌人，重挫暴君爪牙50人"的人肯定是我小时候的偶像之一。但是，我为自己太生动的想象力付出了代价，因为每当街上响彻那些火哨尖锐的哀号时，它就会来到我梦中，我目击的那些曾经每天都发生的暴行也增加了我的痛苦。

这些梦现在不会再困扰我了。在那之后我见到过更恐怖的——更恐怖而且更加不可原谅。因为在我1943年8月写下这段话的时候，我坐在书桌前，听见电台播送着最近德国人对战败之后无反击之力的丹麦人施加的暴行。

在我到达我生命的终点之前，发生了很多事情，其中之一就是当我开始盘问我的父母和叔叔们一个在我小时候就困扰我的问题：在我们成为现在这样的人——戴着高帽子，穿着大篷裙，忙忙碌碌得就好像这个世界已经到达完美，这种永恒状态不会受到打扰——之前，我们是什么样子的？

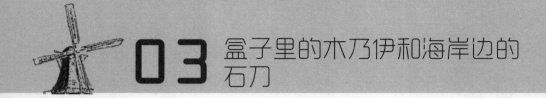

03 盒子里的木乃伊和海岸边的石刀

因为我并不早熟，所以读者不可能期望看到六七岁的我沉浸于弗洛伊德派的对性和人类起源的探究。在我大一点（12岁或者13岁）之前，我从没有接受过任何关于性的启蒙，但是，我从另外一种令人讨厌的方式中知道了，那就是父母们称之为"美好的方式"，他们那一代人认为屏蔽这些非常重要的东西，是对童年天真无邪的保护。我认为父母、叔姨、祖父母（我很了解他们），还有另外一些我认识的人的存在是如此理所当然，以至我从来没有问他们是从何而来以及怎样来的。

但是，我要说的是一个博物馆！现在的鹿特丹基本上是个商业城市，很少将金钱或时间浪费在比如科学和娱乐这样没用的消遣上面。一个拥有500年以上历史的荷兰城镇很自然地会拥有一些很有价值的图片。虽然鹿特丹自己并没有产生很多有名的大师，但是，收藏名画一度成为社会生活中非常流行的风尚，所以许多居民拥有一定数量的风景画或者静物画，这也就确保了这样一种艺术形式的博物馆的存在。它位于一座曾经是附近最大的圩子的行政管理中心的老房子里。（这些圩子我在稍后会告诉你们详情）在19世纪40年代早期，这些圩子需要更大的住宅区，所以这栋老建筑就变成了一个艺术博物馆，或者说它继续充当一个已经存在展览馆的中心。不用说，它是由林堡的热爱艺术的律师——博伊曼斯（Boijmans）先生建立的。为了纪念他，他家所在的那条街的名字从米格鲁猪市(Meagre Pig

Market)（以前荷兰城市有两种猪肉市场———一种是肥猪，一种是瘦猪）改成博伊曼斯大街，而这条大街也被所有的荷兰小孩所熟知。不是因为这里有缪斯的住所，而是因为在它右边对面的街角，有一个犹太蛋糕店，他们店里最大的一团蛋糕也只要一便士或者一斯锑弗。一团这个词很大程度上吸引住了我，因为这个词也被用在很不寻常的东西上面（荷兰的读者会明白）。我不会解释给我那些非荷兰籍的朋友，他们会在圣诞节的时候去主日学校观赏波提切利的画作，然后被告知，虽然17世纪的荷兰确实诞生过很多杰出的工艺画家，但是，他们的作品太过粗俗，以致不能用来装饰墙壁或者餐室或者是绘画室。

博物馆在一座老
房子里。 ◀

31

在我学习了荷马和埃斯库罗斯的语言之后，我知道了"一团"的意思就是很大的一块。诚实的犹太面包师（但是，很遗憾的是，当星期六我们好不容易从学校放假，并且拿到了两斯锑弗的零用钱的时候，它总是打烊了）使我们的钱花得很值，我们为店主祈福。我不知道他这家著名的店怎样了。毫无疑问的是，几名纳粹士兵吞下了他们能吃下的所有甜点（而且根据可信的报道，他们食量非常大）之后，为了他们的希特勒和雅利安民族的荣耀而杀死了店主。我再一次为店主祈福。他给我看过多汁的"一团"，所以，值得所有半个世纪前的孩子们感激。

我对弗兰·乔克布·奥托·博伊曼斯（Fran Jacob Otto Boijmans）的旧居里面收藏的画就没那么热心了。在我非常小的时候就会拿过身边的每张纸片开始潦草涂画（我的姐姐，上帝保佑她，保留了一些据说是我3岁时候的画），我原本极有可能成为画家：不消说，肯定是"业余画家"，因为人们认为家里养一个画家，就跟家里养出一个做生意却破产的儿子一样。在那种情况下，鹿特丹人很快就能明白这种失败是如何产生的，因为把你的东西放在家门前的帐篷里面贩卖是他们再熟悉不过的程序。但是，在巴黎的小阁楼里面度过一生是一个恐怖得不敢想象的景象。当然，体面的家庭会把他们的"艺术抛弃者"藏在巴黎，那里的人们对这件事情的看法不同，在这里，艺术家们可以靠几个荷兰盾生活一周。法律规定当父亲或者祖父死去的时候，这些叛逆的小孩必须亲自到场聆听遗嘱。但是，这种探望时间被缩减到尽可能地短，因为这些疯狂的年轻人迅速勾搭上一个年轻的法国女人并把她带回家的事情常常发生。或者更糟糕的是，他可能已经跟她结婚，在那种情况下就得像亲人一样对待她——想象一下你可怜的母亲必须要欢迎一个满脸脂粉的儿媳妇，而且有可能（非常可能）还有几个叫她grand'mere（祖母，法语）而不是 oma（祖母，荷兰语）的小孩儿！

所以，鼓励一个年轻人去追随伦勃朗或者维米尔或者可怕的凡·高（他的父亲是个可敬的教士）是不可行的，但是，在绘画方面有一点小天赋却另当别论。那不会伤害任何人，而且它可能会同来此旅行的英国女士和先生产生共鸣（他们夏天通常会到德国或者瑞士进行两周的例行旅行），其中有人可能会成为有用的生意伙伴。所以，我不仅可以按照自己喜欢的画画，而且在我很小的时候，我被带到美丽之城，那样我就能从那些不是那么受尊敬的祖先的调色板和刷子下的作品中得到灵感。

　　遗憾的是，在50年前，洗画的技术还在起步阶段，而且经过200年的冷落、泥炭和烛光的腐蚀之后，那些17世纪的大作现在看起来就像是用巧克力画的一样。当这些作品还在艺术家的工作室里的时候明亮清晰、赏心悦目，但是，现在他们只是一片乏味的棕色，还有18世纪和19世纪时覆盖在上面的一层又一层的清漆（那些狂热的清漆拥护者这样做是想保护它们，但是实际上他们不知道这是在毁掉它们），这些清漆把残留在上面的维米尔和伦勃朗时期特有的朱红、蓝色和白色的最后部分一点点腐蚀掉了。所以，这些画看起来特别像装饰白宫的那些死去的总统和政治家的画像，给这个国家圣地一种阴沉的气氛，甚至连东厅的镀金钢琴都不能驱散它。

在10点57分的时候那辆火车会出现。

　　顺便说一下，那架钢琴，正是墨索里尼会喜欢的那种东西，如果我们在战后不把他杀死（我们可能不会，因为他让火车准点运行），而是把他送到马达加斯加或者塞舌尔群岛，我们可以把它送给他，以办派对之用。

　　这样，他每次觉得自己还在西班牙广场上，人们热切地希望他做个演讲的时候，他亲爱的女儿艾达就会能弹奏布基伍基乐曲给他听。

　　一个小男孩儿对博伊曼斯博物馆的单调的展品感到非常无聊不足为怪：男人、女人，还有死去的鱼和兔子，这些东西不过让他想起他祖父卧室里面的假地毯。他模糊地意识到对这个艺术博物馆的瞻仰同他每天都要做的事情——崇拜先辈的光荣有某种联系，但是，他用每个6岁的男孩儿都知道的恶作剧来反抗这个远足，直到他的父母认定他对绘画的喜爱只是一种业余爱好而不是认真的事情，而且这也完全不符合荷兰的教育程序。然后，他们开始不鼓励他对画笔的少年热诚，或者他对"经典"的轻蔑，他永远都不可能通过当地绘画学院的入学考试，而没有那种机构的证书，就没有办法成为一个"认证的绘画教师，拿着A和B两种资格证书，在60岁以后领政府的养老抚恤金"。

　　还有另外一个解决方法：成为一个独立艺术家——一般的画家。每个人都知道它的结果是——住在一个小阁楼，无节制的生活，一个贫民的坟墓，就像伦勃朗和他的密友的结局一样。

　　然而，我对肖像画和描绘罐子、帘子的静物画的冷淡，并不表示我对世界没有好奇心。恰恰相反，我们镇上有个博物馆得到我最热诚的支持。它有着让人印象深刻的名字："地球和人类知识博物馆，以及航海博物馆。"这个城市从一开始就是世界贸易的中心，出现这样的博物馆是非常自然的。

　　水手们都是异国情调物品的收集爱好者，环境使他们有这种奇异的行为。想象一下，当你从太平洋回来，谈及一种可以将他们的翅膀像荷兰的百叶窗一样收起来的鸟，那么，你的邻居会耸耸肩膀说你在撒谎，除非你带回一个信天翁，告诉他们这种动物确实存在，而且它们拥有超过16英寸长的翅膀。或者你从格陵兰岛回来，肚子里全是关于一个民族的故事，这个民族的人全身都裹满了毛，看起来好像没有脖子而只是用肚子支撑他们的脑袋。一套因纽特人的衣服是你向家乡人证明你没有说谎的最好证据。所以，像鹿特丹一样的城市必然会成为自然和人种学稀奇物品的真实宝藏。

这些纪念品大部分都是垃圾，因为200—300年前的水手们并不是鉴赏家。但是，在这些旅行物品中还是有一些宝物，比如说用那些罕见的鸟的羽毛做成的毯子，这是早期捕鲸人从新英格兰带回来的，之前一直被当作雪橇上的毯子，直到有人认出它们非常珍贵而且漂亮。在19世纪中期，一些有见识的鹿特丹市民决定抢救这些仍可挽回的宝物，它们之前散落在当地当铺或者贫民院里，人们决定在修缮好和消毒之后再展出。因为在启蒙思想的传播以及轮船的普及之后，世界已经失去了很多古时候的神秘和魅力，一个非常小的男孩儿现在就可以告诉你："信天翁，是一种生长在代奥米德群岛的小鸟，它跟海燕是同一家族的。太平洋的代奥米德群岛的'漂泊信天翁'是20种中最著名的一种。它吃内脏和鱼，当吃得饱饱的时候就不能飞。"当然，这使得告诉人们异国逸事的乐趣大减。想象一下，在目前的战争结束后，你告诉孙子，你要去伦敦跟朋友吃午饭，但是，不用担心，因为你会回来吃晚饭，而且会在回家的路上在爱丁堡带回一罐奶油膏——这种事情可能在我死后才能发生。

对我来说，旅游书里让我觉得最惊奇的是马可·波罗在他著名的《马可·波罗行纪》中描写的他到布哈拉的句子，他随意地叙述道："我们走不动了，在这里待了三年。"在今天，如果一个希望8点钟出发的周末旅行组错过了火车（因为那第三杯咖啡的缘故，其实他并不需要）而必须等到8点11分，而这也会让他懊恼不已，因为在周一早上，他的桌上会有一堆星期六落下的工作。聪明的马可·波罗发现，他要在古代的穆罕默德根据地待上三年。这让他很绝望吗？并没有。他学习了当地语言，他到市场观察，在书中这是那个区域的交易中心，找到了吃库什库什的地方（一种用小羊羔的眼睛、卷心菜和大蒜做成的当地菜肴），打听到了哪个富商的女儿喜欢聪明又帅气的威尼斯小伙儿，度过了快乐的年轻时光。

到目前为止，我除了介绍我家乡那个奇怪的博物馆之外，还没有任何别的进展。我的祖父刚好在那个明媚的星期天上午不知道要跟我做什么，然后，他想起他是那个博物馆的会员，如果他带我去那里参观的话将不用花费一分钱，而其他的博物馆会收他25美分门票费。我的祖父是那种不会错失这种便宜的人。所以，我们去了威廉斯恺德，在祖父交出了手杖之后，门在我们身后关掉时，我经历了人生中的第一次惊讶，因为我发现一个黑色皮肤的拉普兰人在我的面前（可能轻微地被虫蛀了），手中拽着一只拉着他的家人——包括他的妻子和小孩（无法辨认性别，因为他全身包括在毛皮之中，只露出眼睛和扁平的鼻子）的雪橇的真身大小的驯鹿。

你们可能会抗议我胡言乱语，作为回答，我告诉你们，我说的绝对是事实。我最近两年打算写一些自传类的书的时候遇到了一些困难。如果不是我们结婚之后吉米每天把事情记录在备忘本上的话，我不会记得上次我们去拉普兰的任何事情，或者是战争爆发之前的最后一次我是坐什么船回到美国的。有一次，我算出我曾经跨越大西洋57次，但是，这些旅行最后仅仅变成一堆名字和日期的大杂烩。另外，我可以向你准确无误地描绘出我生平第一次乘船旅行——从鹿特丹到多德雷赫特（当时我只有7岁）所坐的船，还有我12岁的生日礼物是一张莫斯科夫斯基（Moszkowski）的《西班牙舞曲》的唱片，以及当天的晚餐吃的是什么。

我记得我孙子、孙女们的生日，因为可爱的珍妮特（她在掐时间方面简直是奇迹）把他们分别生在11月的1日、2日还有3日。但是，哪个在哪天出

▶ 拿破仑大帝

生的就要在那个开心的日子到来的时候再研究了。

同样，我可以告诉你，我一年级的时候拍的集体照上那些男孩子的名字和绰号，但是，我很有可能会盯着一个在半个月前一起吃过晚饭的男人（或者更糟糕的是一个女人），然后说在那之前我从来没有见过那张脸。我知道这就是年龄到了的明显标志，所有的老人都会遭受这种记忆力减退的痛苦。我不在意，但是我保证，我告诉你们的那些我人生最初20年的东西都是真的。在那之后，只有在我妻子的日记里能找到的事情，我才能下保证。

现在我们知道，正是这个作为标本的拉普兰人一家及他的驯鹿让我有了探求整个世界的欲望（在那以后我也贯彻始终），而且拉普兰人标本也引导我探索这个博物馆的其他地方，这也导致了没有预料到的结果。因为这是科学专家时代之前很多年。这些收藏品是由一些好心的业余爱好者送来的，但是，他们并不是很了解艺术，而只是把他们喜欢的东西送到这里来。其结果是，里面有很多奇异的怪东西，但是，也避免了很多我们现代博物馆的单调。

还有另外一个情况使得当时与现代对于文物搜集的趣向不同。半个世纪以前，荷兰王国等级制度分明，对现在的年轻人来说，很少有人能够理解。所以，当镇上的一个望族要把家传宝物赠予社会的时候，博物馆的主管只有一件事情可以做。我记得一个不久以前的类似事件。当时当地一个非常有名的家族想捐出那个夜壶（荷兰被法国兼并的时候，拿破仑大帝偶尔到"墨兹河口"的时候曾经用过它），博物馆的主管拒绝了，说这个物件是没有任何艺术价值的！如果它出品于塞夫勒或者威基伍德的话，他会很高兴地展出它。但是，它只是普通的品种，而且无疑是国内的品种，这种壶在当地的商店只要几个斯锑弗就能买到。拥有这个卧室用壶（荷兰的下一代人这样礼貌性的称呼它）的家族坚称：这个容器神圣不可侵犯，就像没有人能超过拿破仑一样。他们的诡辩就像纳粹分子把希特勒的牙刷拿到桑斯舍齐宫，想把它放在那些瓷器中一起展览一样荒谬。所以很多年间，这个壶间歇地出入展示台，直到主管找到了解决办法，雇佣了一个清洁女工将它打碎，并且是不能再修复的状态。

在这种环境下，我喜爱的那个博物馆应该也收藏了一些劣等的木乃伊，这是我们海港的某个船主因为某种奇特的原因从巴黎带回来的。他们看起来非常粗糙，而且还留有普通人的遗体——他们可能是摩西的面包师和他的老婆。他们肯定有上千年的历史了，而且我当时想，如果他们神奇的复活，我不用有一丁点的担心要跟他们说什么，因为他们只会说埃及话，而我只会说荷兰话。另外，他们脸上的微笑看起来很可怕，而所有的小孩都喜欢恐怖的事情。而且，在已经死了4000年或者5000年后还能让旁观者感兴趣是非常了不起的。

我所知道的死亡，就是一个50多岁的老迈的表亲突然消失了，而且，大家从墓地回到家之前她就被忘记了。所以，这种同几千年前的历史的联系，超过了忠诚的铁匠将50个西班牙雇佣兵的脑袋敲开，以及在恐惧堡和东门的地窖发生的事情。

但是，有一天，在某个偏僻的角落里，我发现了点什么。根据盒子上面的标签，这些埃及的木乃伊成了暴发户。从我所能读懂的内容中得知，一个裂开的头骨是在莱茵河的支流的山谷中发现的，它可能是一个生活在3000年前的史前人的。一些堆在头骨旁边的看起来很好笑的石头，据说是他用来抵抗那些现今还出没于欧洲北部的野兽的武器的残留部分。这些都是一本杂志上"我们遥远的祖先"中的部分，19世纪80年代的荷兰小孩儿都会读到。

那个月刊在我的生活中起了不小的影响，但那是几年后的事情了。我不记得我是什么时候学着阅读的，不过，肯定是很小的时候，因为我把阅读当成是理所当然的事情。大约在80年代晚期，北西伯利亚发现了一对乳齿象。这种发现并不少见，但是，这两只大象在冰川（这也是它们死亡的原因）中保持得很好，他们看起来跟活的一样，他们的肉看起来如此新鲜以至俄罗斯探险队的猎犬真的把他们的肉撕碎了。月刊对这种发现给予了很大的篇幅，因为它显示了上帝之手；通过这种方式（在那个特殊的时刻把生物冻在冰块之中），他可以向后世的人们说明在公元前1万年的世界是什么样子的。放在博物馆里头颅旁边的标签并没有教会我这些。它只是单纯表明这个看起来恐怖的头颅的主人生活在3万年前的前基督时期，所以，他比乳齿象早2万年。

我在家中间的那些关于来到我们城市的陌生来访者的问题，很快被我父母搪塞过去，因为他们不想要培养一个史前历史学家。他们简单地告诉我要专心上课，不要对那些跟我没有直接关系的事情有那么长久的兴趣。我想那也是我当时做的，毕竟，我从哪里得到更多的信息呢？学校课本只告诉我远在公元前100年的事情，当时最初的定居者——凶猛好斗的巴达维亚人——从莱茵河上用木筏顺流而下来到这里。所以，我对那个头骨仍然像当初一样无知，直到今天依然如此。

尽管如此，我必须说这个头颅在我的生活中仍有很重要的角色，因为有一天我突然自问："要是它是我自己某个祖先的头颅呢？"这件东西是离我们不远的地方挖掘出来的，所以它极有可能是我某个曾曾曾曾曾祖父的头颅。

并不是因为我们之间有多少家族的相似之处，因为它看起来同在旁边展览的黑猩猩的头颅差不多。但是你不能确定，而且想象你的祖先同乳齿象和老虎搏斗，生活会更加有趣，而不是像我所知道的其他人那样，天天都到无聊的办公室去。现在假期是不确定的，自重的生意人在安息日都会习惯性的至少去一下他的会计室，看看有什么星期日邮件，因为邮递员其他日子工作，直到现代之前周末也工作。当然，我清晰地记得我们的邻居——比利时的社会进步，他们的邮票上面有一个专门的穿孔的附录，告诉邮局没有必要在星期日特别寄那个信。

像大多数小孩儿一样，我完全不满足于生活的处境，我惊讶于自己这么一个迷人又聪明的小伙子怎么会出生在这样一个无聊又平凡的家庭。我的父亲只有在不得不从温暖的被窝里起来、冒险在寒冷的夜晚同火灾战斗的时候才有他英勇的一面。我有一个当海军的叔叔，但他属于出纳部门，而他获得勋章是因为他救了一个溺水的小孩儿。就我看来，剩下的只有沉闷平庸，所以，我在学校度过大部分时间却又成绩垫底的时候，它成为受欢迎的生活调味剂。顺便说一句，那个头颅已经不在了。在纳粹纵火焚烧鹿特丹的时候，它同其他东西一起被毁了，我最爱的博物馆也被毁了。

04 稍作停顿，看看我是否还在主题中

　　当一个海员要去之前从未到过的地区航行的时候，他会非常认真地察看航海图、核实天气、观察潮汐和洋流，还有通过其他方式，努力得到数据，以确保他在正确的航道中。现在，我就像我们的祖先一样，手里只拿着一个罗盘、一个航海日志、一个六分仪，还有一些看起来很好看，其实过时的地图就出发，去那些除了掉了牙的老航海员们在码头区酒吧里说的逸事之外什么都不知道的地区探险。我的终极目标是写这样的自传，只有不可避免的少数关于我自己的事情，而剩下的700页都是在我的人生旅途中我感兴趣的各种事情。

　　为了完成这个双重目标，我想起了一个很简单的策略。我告诉吉米（你们应该知道，她是我的妻子）在抄写这些初稿的时候随时把她的蓝铅笔放在手中。"你知道，"我提醒她，"我是天生的流浪者。我的一生都在流浪，因为我总是对每个地方发生的事情都有不可遏止的好奇，我总会为了看其他地方在发生什么而偏离了主道。一个看起来很有趣的教堂尖塔会让我忘了我们有一个要赴约的午宴。对准时的严苛和对迟到的极度讨厌成为防止我在主道上走失太远的法宝。我知道我的弱点，特别是当我在写作或者不赶时间的时候。所以，你要继续，每当我有一点过分地沉溺于我钟爱的娱乐时，你就出动你的铅笔，我就会从偏离的地方重新开始。"

　　到现在为止，吉米还没有使用到她的蓝铅笔特权，但是，

米德尔堡

我感觉到这个时刻快要来临，因为我从来没有遇到过像这次这么强烈的偏离轨道的诱惑。所以，为了帮她省掉这个麻烦，我决定停下片刻，总结整理一下我到目前为止做了什么以及我之后要做什么。

在写我年轻时候的事情时，我感到非常满足。现在，德国人毁了鹿特丹、米德尔堡，还有我最熟悉的海牙，我所到过的地方都毁灭了。我的大部分亲戚和很多好朋友都死了，我现在仿佛生活在自己过去的真空之中。我永远都回不到鹿特丹的某条沟渠旁边的某个街道，在那里，我曾经惊奇地看着人们从船上卸下猪，以致我母亲一个人往前走而把我丢在了后面，结果，我成了"丢失的小孩儿"，当找到之后被严厉的惩罚，因为我"可能已经被吉卜赛人偷走了"。

我再也不可能站在我第一次看到旁奇和朱迪傀儡戏表演的鹅卵石上了，甚至我平生第一次听到音乐的教堂也不见了。纳粹把所有的东西都夷为平地，在废墟上面重建的城市不可能像之前一样，那是由弯曲的小胡同和小巷子组成的大杂院。对于一个有着强烈好奇心的孩子来说，这些中世纪城市遗留的胡同巷子是多么地神奇（只是不太卫生），是好奇和喜悦的永恒来源。

对于"17世纪荷兰城市的宝石"米德尔堡来说，德国人的炮弹造成了如此大的毁灭，以致它永远都不能重现古代的风采。海牙拥有新纪元预言中所说的为渎圣行为赎罪的市政池塘，这也是市民的骄傲，荷兰国家生活的中心——它肯定会重建，但是，要用的木头已经不复存在了。

花费一切费用来重建这些过去的景物、恢复过去的记忆对我来说有很大的诱惑力，当然，这也是我绝对做不到的事情。所以，我要时不时地在这种悠闲的漫游中停下来，看看我现在到了哪里，提醒自己，比起跟我有同样记忆的少数存活者，我要写给更多的公众看。看来这个时刻来临了，我想很有必要在这个空档对自传的技术进行一下探讨。

我从来没有在这个问题上想过太多。我理所当然地认为希腊人给了我们这个文学表达方式中的特殊体裁。事情肯定是这样的，因为auto就是希腊语，bio也是希腊语，不管怎么说，希腊人总是做每件事情的第一人（他们总是最聪明的），他们发明（或者预示，或者在此方面领先）机器改造、几何学、代数学、文学、戏剧（喜剧和悲剧）、音乐、毕达哥拉斯定理（还不是十进制的）、治国理论，还有民主的实践、阿提卡盐、奥林匹克运动、现代建筑、大学讲座体系、女性参政、专制和政治家、我们的字母表，还有涂在脸上的橄榄油。

一个死在十字架上的神并不能取得好战的罗马人的同情，因为他们有时也会将上千个俘虏用这种痛苦的方式处死。

因为他们做了这么多的事情（还有其他更多的我现在想不起来），我理所当然地认为自传也是希腊人的杰作。但是，我发现，我在这个问题上错得很严重。只有精神上爱出风头的人才能写出好的自传。古时候就有这样一个爱出风头者，亚西比德是一个我们无法超越的例子。但是，我不应该去寻找希腊人中最早的自传，他们都是外向者，把心挂在袖口上，在卫城上亲吻他们的女人。一个好的自传应该是由一个深居简出、性格内向、在黑暗中修养灵魂，深信自己亲吻一个女人是为了她的健康的人写的。直到基督教获胜，摒弃了希腊人对生活积极的态度，并且引进了一种新的生活态度，那就是对自然的要求嗤之以鼻，因此，就出现了这样一种人，他们全神贯注于自己的内心生活，认为他有责任将他永恒的灵魂苦难与市民同伴们共同分担。

由于环境所迫，早期基督教要被迫忍受公众对他们信仰的监视，很自然地就养成一种反常的爱精神暴露的个性，这也让他们在附近的希腊和罗马邻居中很不受欢迎。因为后者对来世的疑惑没有任何兴趣。就算天堂和地狱真的存在，那也不过是人死后要去的不可名状的地方，要尽量少浪费时间在这上面。所以，那些厨房的仆人、洗涤室的奴隶还有其他卑贱的平民，在那之前除了回答之外从来不敢大声对他们的主人说话，现在却无畏地问他们的主人是否对于未知的命运感到痛苦。另外，他们沉溺于一个在他们之中流传的赞美诗中，所以他们觉得那些尊敬的罗马贵妇或者希腊哲学家会像平民一样接受神的审判。

我们的历史书总是倾向于将基督教早期受到的迫害解释为罗马人对新神的憎恶。我认为完全不是这样的。如果上帝的追随者只是默默地崇拜自己的神，那么，什么事情都不会发生。向一些警察适当的行贿就会解决向帝王鞠躬的复杂问题，就像700年后荷兰的天主教徒只要定时向警督的手中塞一些荷兰盾就能够保留他们的小教堂。一个死在十字架上的神并不能取得好战的罗马人的同情，因为他们有时也会将上千个俘虏用这种痛苦的方法处死。

不，公元1世纪的罗马人对这种模糊难懂的新信仰的精神和思想方面也是非常有兴趣的，就像1944年的纽约人会去听一个每个星期天都宣道的标新立异的预言家的晦涩布道，他在一个三级宾馆的宴会厅里向那些祈求找到新的救赎办法的人宣讲。公元1世纪的文明罗马人对他们基督徒邻居愤懑的是他们的态度——而不是他们那刚从麻烦的巴勒斯坦行省引进的神的信仰。

在罗马人看来，任何一种在公众场合过分宣扬自己内心深处的感觉的行为都是不好的，这一点在某种程度上很像现在的英国人。

生活在公元4世纪的人可能认为我们无法知道是谁写了第一部自传，

45

但是，我们可以很容易猜出来，更何况这本书的名字就叫作《忏悔录》，而在高贵的罗马人看来这是解释和认错中最不好的一种方式。他们可能安慰自己，作者（实际上是罗马市民奥古斯丁）是非洲行省努米底亚的当地人，所以他有外国的基调。当然，奇怪的民族腔调暴露了他年轻时代的东方经历。他差不多在全世界都居住过，虽然她的母亲是个基督徒，但他最初离神很远，直到某一天罪恶感笼罩了他，他后悔自己的行为并做了一个重要决定，那就是从此以后一旦精神同肉体出现分歧，最终都要以精神为主导。如果我们相信与这件事相关的传奇的话，就会发现其中有个故事是他碰巧打开了《圣保罗书信集》，这促成了这个奇迹。从此以后再没有骚乱和混沌，没有幽禁和反抗，没有争吵和嫉妒，没有对肉体的欲望，只有上帝的救赎。

公元387年的复活节，奥古斯丁接受了洗礼，从此之后直到他死去的半个世纪间，他都在上帝的葡萄园中勤奋地工作。他是个十分多产的作家，他的文学作品几乎同伏尔泰一样多，他们俩也因为对文学的贡献成为人们心中非常著名的人。

优秀的写作质量并不代表圣奥古斯丁的所有成就。在教会经历严重危机的关键时刻，他也有话要说。这时，迫害已经结束，内部骚动开始。在公众看来，任何人都不可能在这场似乎要将教会撕为碎片的争论中采取明确的立场。对于一个刚皈依的，因为才智和生动华丽的风格被许多人拥戴为"圣保罗第二"的人来说，这种处境并不好处理。而且因为他同时代的人仍然记得他早年同神的分离，奥古斯丁认为应该确认自己作为新信仰的最坚定的拥护者的身份，那么，人们就不会对他的信仰持怀疑态度。

所以，他的《忏悔录》（大概写于公元400年）既写了他对于过去的忏悔，也写了他希望在基督教国家基础之上建立世界的未来计划。

这是他同其他很多人共享的理想。我写这个的时候，美国全国大概有238个以上为争取新世界的和平、公正、正义而工作的组织，而这些也是人们希望在迅速瓦解的旧文化的废墟上建立起来的。圣奥古斯丁要解决的问题同我们现今面临的问题是一样的。西方罗马帝国曾经不可一世，直到公元410年，西哥特的国王阿拉里克击败了他们，并洗劫了罗马城，然后把他们的君主软禁在他们的新首都拉文纳，罗马分崩瓦解。当时56岁的奥古斯丁对于未来计划十分清楚。

在所有的词汇中，他选择了"忏悔"来说明他的思想。这样，世界上就有了第一个自传。

过了12个世纪后，读者们再次有机会去追寻一个人的精神变化，这个人放弃世间俗物，将自己的一切都奉献给上帝。我指的是一本可能不怎么有名的书（天知道它很难读），标题是"罪人受恩记"，是约翰·班扬（John Bunyan）写的，他也是文学大师，著名的《天路历程》一书的作者。

同时，我们还可以阅读到一本特色非常不同的自我忏悔书：本韦努托·切利尼（Benvenuto Cellini）的自传。他是个一流的贵金属雕刻师，同时，也有着非比寻常的好辩的个性。每次他因为特定的工作来到一个城市，总会因为吵架、几个招致他不满的市民的死亡而离开。他在钱财方面全无顾忌，最严重的一次情况是，在主教把帽子交给他暂时保管的时候，他偷走了上面的珠宝。他同别人妻子的无休止的绯闻使他臭名昭著，而当时——文艺复兴时期——道德观非常重要。

是什么促使这个生活多姿多彩的无赖和流浪汉写了自传，我们不得而知，当时他已经60岁（尽管他生活非常不规律，他还是活到了70岁），安定了下来，告诉他的后代自己当年的冒险和恶行。他是个极自负的人，他得意于曾杀死谋杀自己兄弟的人，也骄傲于成功背叛信任自己的女人。正常人都会不惜一切代价隐藏自己曾经的不忠，然而在他身上我们却看不到这一点。

其实，还有另外一部自传能同切利尼讲述他是怎样背叛他的同伴们的厚颜无耻的坦诚相媲美。那就是著名的自称为"卡萨诺瓦伯爵"的大骗子的回忆录。在他喧闹的73年生活中，他进过欧洲每个地方的法庭，并且被每个国家和城市驱逐过。但是，他每次都成功地从困境中逃脱，甚至曾经从严苛的威尼斯国家监狱中逃出，之前和之后从来没有人做到过。他最后成为波希米亚的杜克斯城堡的瓦尔德斯坦伯爵的图书馆管理员。退休之后，他在那个偏僻的地方写下了他的回忆录。最后，安详死去。像切利尼一样，他愤世嫉俗，不可能克制自己，但是，作为一个受过训的作者（切利尼不是），他留给我们有历史价值的作品。不管我们核实哪里（这让我们很惊讶），他很尊重现实。只有在谈及接吻的时候，我们发现他倾向于隐瞒事实。当然，这是他的文学遗产中的吸引大部分读者的情爱部分，他的回忆录已经成为那些日后想在这种文学体裁上面努力的人的模范自传中的一部。

1712年的6月，日内瓦共和国（今天，它仍然是瑞士境内唯一骄傲地宣称自己是共和国的行政区）一个叫艾萨克·卢梭（Isaac Rousseau）的钟表匠成为一个名叫让—雅克（Jean-Jacques）的傻孩子的父亲。如果这件事情没有发生，那么，我们现代社会将看起来大不一样。

小让—雅克战胜了童年的很多疾病，成为推崇人类理性的理性时代的成功宣传者，理性时代也将欧洲带入腥风血雨的改革之中，也带来了拿破仑的专制以及梅特涅的反动。

他不是圣奥古斯丁和约翰·班扬那样的宗教狂热分子，也不是切利尼和卡萨诺瓦那样的冒险家。但是，他因为一个精神超越了他们四人，当他展现一个人最纯真本质的时候（就像他在1781—1788年写的《忏悔录》里写的那样），他朝着自己的理想生活。当我们阅读到这部沉闷著作的最后几页时

（在我们这个年代，很少有人能看到最后），我们知道了他所有的一切——事实上，我们知道了他如此多的事情，以致开始不喜欢他，因为他是一个利己主义者，却缺乏像切利尼和卡萨诺瓦那样吸引人的多姿多彩的魅力。他仍然完全是一个瑞士中产阶级家庭的男孩儿，保有他早年加尔文教育的所有品质，在比他优秀的人面前，他从没有忘记自己是从男仆起家的。

我相信现代科学会把按照卢梭的模式（而且几乎现代所有的自传都依照卢梭的《忏悔录》的方式而写）写的自传称为"心理学的"自传。我知道，当医生不能确切诊断病人的疾病的时候，就会告诉他可能是神经的问题。而"心理学"一词覆盖了很多坏品味，它在文学上造成的伤害比其他任何领域都严重。

政治上而言，卢梭关于原始人完美品质的著述，还有之后他面对文明时的堕落，引起了人们的大混乱，只有半个世纪以后希特勒和罗森博格对他们不存在的雅利安民族的美德的胡说八道而引发的大破坏能与之相提并论。但是，卢梭所生活的社会早已无用，不管他是怎样忧心地空谈，它自己会消失。正是这个小抄写员、秘书、女仆的追求者、一个轻信老女人的剥削者的自我暴露，对未来产生了如此大的影响。那些浅薄和卑鄙的人们，如果他们自己经历过的话，就不会有胆识这样做。他们只是用那些无聊的爱情故事和其他乏味的不合法的偷情事件搪塞我们，就好像他们都是特里斯坦或者伊索利特一样，好像一个水手爱上一个普通的在开发票处工作的女孩是多么大的事情一样。爱情是个微妙的事情，应该由霍夫曼斯塔尔灵巧的双手或者是但丁的细腻笔触来表达，但丁在《保罗和佛兰西斯卡》（*Paolo and Francesca*）（"那本书从我的手中滑落，那天晚上我们没有再读过它"）中，完全能够告诉你他们之间发生了什么，而不像你在D.H.劳伦斯（D. H. Lawrence）的生理学书里面随便抽出的几页文字。

想想我写自传的方式，我并不是诚心自我忏悔的理想候选人。要我主动暴露我自己过去的细节，就像让我在梅西百货的橱窗里面脱衣服一样。当然，我知道，很多政治家、著名的作家、卓著的科学家、成功的和不成功的革命家、医生、音乐家，还有其他市民曾经写过非常有用的自传，但是，他们中有的人在他们的时代确实起到过非常重要的作用，其他人则至少认为自己有过重要作用，或者想推行一个与同时代人不同的观点，希望给他们——虽然是死后——带来关注。更重要的是，这些回忆录不单单是简单的自传。

但是，我应该写关于自己的什么呢？我从没有在政治上活跃过。我充其量不过是在好几年前，推选为康涅狄格州的首府一区议会的民主党派候选人。其实，我更想把这个位置留给克莱尔·露丝（Clare Luce），因为我觉得她会比我更享受这份工作。我从来没见过这位女士，不过根据传闻，我想她应该很适合那种工作，而且她也完成了我们希望她做的工作。

我在当战争通讯员时也不是很出色，我认为世人不会想知道这段经历。在我回首短暂的一生的时候，发现它完全没有什么重要的事情，以至以后在名人录中完全可以用15行就说完。

但是当研究自传——当然，这种文学在我们的读物中也不常见——的时候，我开始想到另外一种比一般的自传更有趣的自我忏悔书。我看到了一些只写阳光事物的人写的思想沉淀的书，他们讨论某个主题的时候会显露自己的个性。很难将这些作者归到同一个类别之中，但是，不管他们生活在什么时代，以何作为生活的奋斗目标（钓鱼、探险、在修道院中度过70年、打仗、或者呼吁和平），他们中没有人能够帮助他人，而只是显示出他自己讨论过这个问题。

如果这个人碰巧是个非常有魅力或者聪明或者睿智（或者三者兼备）的男人或者女人的话，那么，对于那些能捕文捉意的读者来说，肯定是个非常美妙的经历。

我的老朋友蒙田

　　当然，没有一个人在这方面能同我的老朋友蒙田一样堪称大师。因为当你阅读他的《随笔集》时，你能感觉到就好像你同他一起在埃琨家族（当它变得富裕受尊敬的时候）借了头衔的城堡里面度过你的半生一样。

然后是歌德的《思与忆》一书。我并不喜欢这位魏玛大公国的公使。我比较喜欢退休的青鱼商、罗马的荣誉市民，他们比公爵、军官百分之百地更有人情味。歌德可以成为哈佛大学的理想校长。上帝知道他擅长写作，当他流畅书写达到最好状态的时候就没有人超过他。他的一生都生活在玻璃纸中，当他出现在公众面前的时候，总是头发整洁、衣服得体。他是那种会在睡衣上面戴上莱普·德特蒙德十字勋章的人，他也是弗里茨和我梦想最后一个邀请到费勒晚餐派对上的人。同样，他的《诗歌与真理》（这个标题我一直没有找到合适的翻译）描绘出一幅生动的18世纪晚期人们生活的画卷（包括作者本人），那些思考自传自我暴露的人应该至少阅读一半内容。

它不会像马克思关于资本主义的著作那样沉闷[我认为它们非常不好读，还有一些宗教书籍，比如《古兰经》《摩门经》，还有艾迪嬷嬷（Mother Eddy）的《科学与健康》]，但是在读《格贝马拉特先生》的时候要费一些工夫。我有一点怀疑他母亲不在他身边（他常常指责），是因为害怕要同一个即使是下来吃早餐也要穿戴公爵领地委员会制服的儿子度过漫长的时间。

"是的，"我似乎听见她讲，"我的儿子非常出色，而且我为他自豪，但是，我希望他叫我递给他一个果酱，而不是问我泰伦斯会怎样把一个句子弄成抑扬格。"因为歌德妈妈很喜欢双关语，我祝福她。我最好的两个朋友——我的妻子吉米，还有我的出版商本·休伯切（Ben Huebsch）都对这种游戏非常喜欢。其他的客人都会离桌，但我会留下来，看着我的孙子们渴望的眼神，这时埃尔斯会告诉他们食品屋里面还有一些冰激凌。

根据专家们所说，世界上总共有1500种不同的语言。我按照自己的方式摸索学习了差不多十多种，这对我的一生来说足够了。

在这里我得到我妻子的便条，她正在别的房间忙着抄写我字迹不清的手稿。"回到主题，"上面写道，"你偏离有点多了。"当我听见这个带有强调语气的权威声音时，我觉得最好明智地遵从，所以，我现在要概括地告诉你们我的计划。

根据神父所说，我应该在对和错的道路上选择窄的路。我将不按照圣奥古斯丁或者让—雅克·卢梭的方式，而是准备用蒙田的方式，因为这么多年以来他一直是我的同伴，我不可以抛弃他，就算我累了。剩下的，我不会给出确切的计划，因为我发现它将成为那种自成一书而作者无法控制的书。一旦你跨上了这个任性野马的马鞍，要么就跟着去它带你去的任何地方，要么就放弃。在这种情况下，我当然应该扯住缰绳，以防止这个动物太过沉浸于自己的任性之中，以致会把我们俩的脖子都弄断。当这个狂野的奔驰快结束的时候，我要拿着蓝铅笔仔细检查我的手稿，旁边还有一份远方朋友的来信。因为他听说我已经开始写报纸上宣布的我的自传。"记住，"他说，"有些事情你不能写，不管它们多么有趣，特别是那些跟你生活有关的女人和孩子。"

我感激他的建议，但他自寻麻烦，因为这正是我想要做的。我想的事情是关于世界的，但是我的生活还有那些跟我一起进行生命旅程的人是我的隐私。我相信圣彼得也会赞成。

某天，我看到了那些由天国出版社出版的统计报告。我看了一下过去20年间的各种职业成功者的名单。当我看到"专栏作家"部门的时候，我发现是空白的，没有人被接受。

05 我追溯了一下那个年代

　　我记得差不多25年前，当我去一个中西部的小学院教书的时候，我到一个屠夫那里买肉给我家猫吃。那个卖肉给我的女士疑心地上下打量我，然后说："你是新来的历史教授，是吧？好吧，我不希望你教我的小孩儿那些关于猴子是他们的祖先的废话。"

　　我向她保证，我会尽量不那样做，假如她不会把猴肉当牛肉卖给我的话，就这样说定了。但是，事情并没有改变很多，因为五年前同样在这个地区——那里以《圣经》或者格泰尔皮带为人们熟知，我连续收到一个牧师的诽谤信。他抗议我在《人类的故事》中偶尔提及查尔斯·达尔文的理论。很快，我对这个家伙的冒犯信厌烦了，当他提出我们应该在俄亥俄的最大的会堂辩论这个问题时（将门票收入分为三部分，三分之一给他，三分之一归我，还有三分之一给主办人），我发给他一封署名为查尔斯· 达尔文的电报，告诉他："我的好朋友房龙已经告诉了我您的挑战，我愿意接受，有机会的话我就会去俄亥俄，请您广泛宣传我的名字让我跟您一样为人广知。"他对这个诱饵信以为真，回电报给查尔斯·达尔文说，他非常高兴最终能跟这个创造天大的谎言并给神学蒙上巨大阴影的人握手。然后，他告诉我辩论的舞台准备好了。

　　他显然不知道这位卓著的生物学家在我出生的那年就死

了。而且，另外还有好多东西是他不知道的。

一两年以后，一个很偶然的机缘，我看到报纸上刊登的关于他女儿的消息，她试图从她父母的屋顶中逃出，她伸手去够窗外的树枝时，跌落受伤了。我感到非常难过。她的非猿祖先显然同她作对。

在面对这些受骗的人——他们在几十年甚至上百年之间相信那些被新近发展的科学证明为错误的理论时，确实会觉得好笑。但是，一般人的状况和普通人的倦怠甚至比树懒的懒惰还要更严重。据说即使在树懒下面点火，它也不会挪动，我们无法想象结果。除此之外，还有自尊的原因。认识一个真相，不管它多简单或者多显而易见，对于被宣称为最聪明的"普通人"来说都是相当大的问题。当12岁的时候，一个人最终接受了平行线不相交的公理，当某个从德国来的教授告诉他，平行线会相交的时候，他才不会接受它。如果他没办法用自己的力量驳倒爱因斯坦先生，他就会转移注意力到他的长头发上，或者叫他犹太人（这更简单），经过几百年的时间，他的后代才最终放弃并被说服。

当一个历史学家试图说服他没有对1776年7月4日准确定义，因为在另外一个10000年左右，我们的日历又会出现偏差，这个日期就会有些往前推了，他可能就会指责这可怜的教授没有爱国热情，大声地叫警察来抓这可恶的共产主义者。如果得逞，他就会把每本关于欧几里得几何学的书烧掉，就像纳粹烧掉我的书一样。因为他讨厌高斯、罗巴切夫斯基、波尔约和黎曼，就像16世纪的天主教徒讨厌路德、加尔文和茨温利一样。如果信仰能允许人们对那些贯彻了1500年的信条产生怀疑，而且允许有一丝怀疑的话，那么，教堂的整个基础就会面临崩溃的危险，就像一个强大的塔下面的小裂缝就能导致它的倒塌。

当然，在我举平行线和7月4日的例子的时候，我沉溺在无伤大雅的夸夸其谈中。就算是"非欧几里得几何学"的先驱也承认，小空间的几何学以后会近似欧几里得几何学。很少有人会在生日的时候做一个直径10亿米的蛋糕，也不会有人要在1943年的独立周年纪念日发表演讲。但是，还有一些问题深刻地影响那些清醒的市民们的信仰，如果有谁胆敢触碰那些神圣的有偏见的部分的话，就会有麻烦，甚至有人会掉脑袋。

在过去的五百年间，人类社会经历了三次可怕的打击，甚至有的一直没有从中恢复。第一次发生在美洲被发现的时候。它废除了地球是宇宙中心的阿谀理论。事实证明地球甚至都不是我们星系的中心，它被降级到只是上帝无尽苍穹一角的19颗星群中的小小星辰。这个理论引起了如此大的爆发性愤怒，以致很多人在这场混战中丧命，而其他人因为最后时刻收回自己观点而避免了同样的命运。但是，直到今日，在芝加哥之类的城市的阴暗处，成千上万的人们，就像天主教科学医疗者面对引起痢疾的微生物一样，仍然拒绝相信这个理论。

当最后一堆火葬柴灰被清理完的时候（我们希望永远不会再有），就是另外一场风暴来临的征兆。

当它到来的时候，引起了暴力混乱，因为它否定了人们的神学起源，而且让人成为动物的兄弟。当1859年达尔文出版他认为自中世纪就存在的怀疑（死于1294年的罗杰·培根早就曾经有过这样的观点）的最后证据时，还有他的后续著作《人类的遗传》（1871），直到我出生的时候，争论也不曾停息。但是，因为我出生在一个伏尔泰主义观点的家庭，而且不重视宗教，我并不知道它曾引起如此大的反应。直到来到美国，我惊奇地发现它仍然能够引起原本完全相安无事的人们的愤怒，而且如果指控一个人他的祖先是猴子的话，仍然会引发混乱。虽然在《人类的故事》中我甚少提到这个话题，我每个星期（甚至现在，在它出版20年后）几乎都会收到人们用各种各样的称号称呼我的信件，谴责我达尔文式的道德散漫。此外，这部简单的完全没有妨害的书在十多个州的学校图书馆仍然被禁止。当我在巴尔的摩为《太阳报》工作的时候，我发现作为南方要塞的当地的市图书馆成功地将《人类的故事》拒绝在书架之外。

第三个大爆炸发生在我20岁的时候，而其始作俑者就是一个疯狂的维也纳教授西格蒙德·弗洛伊德。现在对于他在心理学方面的建树还是不能用一句话来概括，我在这方面非常无知，以致不能告诉你们这方面哪怕是最小的价值。但是，我想有一天，西格蒙德·弗洛伊德的名字会同哥白尼、伽利略、还有达尔文一起出现在人类名人堂里面。

因为他治愈了人们的困扰，灵魂就像是一艘船的船长，是人类命运的无争议的主人。他让我们知道，还有另外一个在未知的黑暗的船舱里面工作的指导部门，从来不靠近桥，也不允许来到甲板上（因为他们会给乘客们带来严重的混乱），然而它仍然存在，并对船要走的线路有决定性的影响力。

我曾经做过非常简单的调查，几乎我见过的每个人，在想起童年最早的记忆的时候都会跟我一样敏感。我还发现，这些记忆可以分成明确的目录。有些人坚称自己在3岁就可以阅读《圣经》，在4岁就可以写一封差不多通顺的信。有很多人在学字之前就能演奏非常难的音乐作品。有些人能够准确地记得在他们出生很多年前（根据我们的年代表）发生的大火。还有一些人对房子有鲜明的记忆（通常是外公的农场，他们被允许骑老母马到名叫加奈的地方），尽管这个农场，根据外公自己证实，在女儿出嫁前就拆除了，只有在家庭的客厅里面褪色的相册里面还能见到。

现在，考虑到这些快乐的说谎者的证言，当告诉你们关于我早期的记忆的时候，我感到非常不舒服。它们离真实情况到底有多远？它们到底多大程度上受到他人在多年后对我的叙述的影响？这些叙述在我的心理剪贴簿上是如此深刻，以至像相信福音书真理一样相信它们。我很仔细地检查了这些记

　　我当时4岁，我家的房子重新刷白了，这是我的年代荷兰每半年都要经历的折磨，也被称作"房子大清洗"。那是个星期天下午，我在厨房里玩——只有在那神圣的一天才有的特许。

录，现在我请求将以下的重要事件，作为我能确定地跟我在陆地上的存在相关的最早的数据。

我当时4岁，我家的房子重新刷白了，这是我的年代荷兰每半年都要经历的折磨，也被称作"房子大清洗"。那是个星期天下午，我在厨房里玩——只有在那神圣的一天才有的特许。我已告诉你们我家的地窖是几个世纪之前建在那里的修道院的一部分，还有，我非常害怕那些阴森的洞穴。但是，现在它们里面到处都是粉刷匠们的物品，我希望能找到一点胶泥，以满足自己假扮雕刻家的兴趣。（当一个孩子只有4岁的时候，一点点胶泥可以让他做很多有趣的事情。）我拿走胶泥，当然，是偷走，因为我从来没有接受过任何基督教派别的教养，而且第八戒并没有对我的思想产生很大的约束力。我找到了胶泥——很大的一块，我有过的最大的一块——满怀开心地坐在我以为是小凳子的东西上面，做了一个所有小孩儿在开始捏泥的时候都会捏的有脸有鼻子的小象。

但是，哎呀！这个凳子不是凳子，是一个石灰水的小桶，然后用一片布盖上了。我很快掉进了这个又冷又黏腻的液体里面。当时我穿着一件脖子上围了白色装饰的红色裙子。在那个年代，小男孩儿比现代的男孩儿穿小女孩儿的衣服要久一点，而现在两岁的小孩儿都穿着普通的马裤了。当然我马上就被女仆救出来了，但是，裙子已经损坏掉不能修补了，从那时开始我被允许穿大人的衣服。可能这就是我能记得这次的事件的原因，因为这让我逃脱了像女孩儿一样受捆绑的难堪。

第二个记忆。那是我父亲的生日，3月20日，也是我姐姐还有我的大节日，因为我们可以尽情地吃油酥面团。在荷兰，生日是很重要的事情，在下午的时候就会欢迎朋友和亲人来。很多亲戚是远亲，甚至要追溯到恺撒时期才会有一个共同的祖先。但是，免费的蛋糕、免费的葡萄酒，还有雪莉酒对于饥饿的老先生和女士来说是不可抵挡的，他们中的有些人，天哪！曾经见识过非常繁荣的时代。

在这些人中，有一个男表亲让我印象非常深刻，因为他戴了一顶假发。那是一顶小小的褐色的假发，质量不是很好。传言在我还在襁褓中的时候，当时还是快乐的年轻妇人的姑姑们，曾经尝试用满满一勺的糖果逗我把那位老绅士的假发拉下来，但我不记得我对那个诱惑有过任何触动。还有，我很害怕这个人，他长得很像荷加斯喜欢画的那种人。我深深地记得他比看起来还要老，他也可能是我同18世纪的很多联系之一。

当然，在那个特殊的日子，这个表亲出现了，我在房间的一角碰见了他，当时他正把一整片糕点往嘴巴里塞。我后来一直没忘记那片面团。它有一层棕色的满是坚果的面包皮，而且应该足足有3～4英寸（7.6～10.2厘米）大。他把整片都塞进了嘴巴里，然后合上嘴，弯下来亲了我一下。我害怕地尖叫起来，逃到我姐姐怀里，她比我大六岁，成为我和生活中不好的一面的

我人生中第一次见证了大灾难出现。

在六岁的时候我第一次接触到"应用社会学"。

自然缓冲带。我恶劣的表现很快被解释成：一个年幼的小孩儿在被这么一大群人包围所表现出来的兴奋。但这个事件我总是忘不了。

第三个记忆。我坐火车到了海牙，再从那里坐马车到斯海弗宁恩（Scheveningen）。一周前，海滩边上最大的饭店库尔豪斯被烧毁了。这场大火源于一个女仆的失误，她在热女主人的卷发钳的时候太不小心，太靠近蕾丝窗帘了。这不祥的细节让派对的女士们吸取了教训，这也告诫了现在的人们不要在床上吸烟让床单着火。

对这个不幸之地的参观在我记忆中如此印象深刻，以至我可以画一幅非常详细的画，虽然我们看到这些烧焦的废墟是十分偶然的。这场大火烧得十分彻底。除了熏黑的墙和窗户，什么都没留下。

现在是第四个记忆了，这（根据我们现代的心理学家的说法）对我的一生都影响深刻，只是在当时我完全不知道它是怎么回事。我告诉过你们，每天，当天气不错的时候（这很平常，而不像北海岸的湿地地区那样），我母亲都会带我去散步。一天下午，她带我到一条街上（对我来说非常严肃的），那里有一条沟通荷兰南北的高架桥。我注意到很多人都站在高架桥下面盯着一栋房子，它被两旁的更大的建筑所包围而不甚显眼。那个不起眼的房子的所有窗户都被打碎了。百叶窗都悬在铰链外面，门显然被铁锤敲破，破门而入，因为它们有裂痕，而且锁也不见了。

因为我生长在一个法律秩序井然的小区，以至每年最多只会有一件谋杀案，这个暴行让我幼小的内心备受恐惧的冲击，以致很难恢复。现在，我们的地球一片混乱，一点点破窗子没什么好兴奋的，但在半个世纪之前，这么好的平玻璃被浪费是闻所未闻的事情。

"发生什么事情啦？"我问母亲，紧抓住她戴着手套的手。我很喜欢触摸这个温暖的柔软的毛，但在当时我希望得到对抗那些看不见的邪恶力量的保护。

"那间房子里面住着社会主义者，"她小声朝后说，"昨天晚上人们赶走了他们。"

我不知道社会主义者是什么，但我肯定他们是可怕的东西。那种印象跟随了我很长时间，直到很久之后我才明白是什么。我后来发现，大概在我出生的时期，劳工的不满经常爆发，而鹿特丹就是它们的中心。我现在知道80年代（和其他地方一样）荷兰的劳工状况是个公众丑闻。但在我们加尔文小区，穷人一直存在我们周围的，因为他们是社会的一部分，人们除了通过私人慈善、施粥铺、流浪者之家（那是什么样的家），还有教堂后面的座位（在那里，他们不会被看到也不会被闻到）之外，人们没有什么能为他们做的了。

是的，在那种奇怪的方式之下我第一次同应用社会学有了联系。

我带着保皇者的热血心情回到家中，而且在以后的很长时间内，我戒掉了给我们的习字簿上的国王陛下描画胡须（上帝知道，他已经有那么多）的坏习惯。在那些小男孩儿们唱着讨厌社会主义者的歌曲的时候我还和声，那首歌我现在仍然记得。

早期荷兰运动的领袖之一名叫多梅拉·尼乌文赫伊斯（Domela Nieuwenhuis）。他是个非常有道德原则的人，如果我没记错的话，他之前是个牧师。但是，像其他同时期的人，比如说凡·高一样，他深深忧虑在我们的大城市看到的东西，所以，他决定投身到为贫困者求诉的事业中。他看起来是个完全没有恶意的人。与他令人敬畏的外表不同，他是温和的化身，但当罢工工人同警察之间的冲突需要牺牲者的时候，他就成为人选。他被逮捕了，并被判刑坐了短时间的牢。

当时，很难（现在也是）给刑事机关里面的囚徒找到合适的工作，当然

63

是因为他们必须在没有自由劳工存在的情况下工作。所以，他们中的大多数人都做纸盒子。让一个大人（因为D.N在我的年代属于上层阶级）做纸盒子对孩子们来说是十分可笑的。他很快被安放在吧台的后面，我们所有人都会唱那首杰出的叠歌：

尼乌文赫伊斯在粘盒子

嘻哈呼

尼乌文赫伊斯在粘盒子

嘻哈呼

类似等等，一直重复。

在战争之前，人们在阿姆斯特丹为多梅拉·尼乌文赫伊斯立了一个简单的纪念碑，给了他荣誉。

今天他被认为是同约翰·亚当斯一样的改革家，比汤姆·潘恩（Tom Paine）差一些。

这些图画帮我们度过了课程中最无聊的部分。我们改善了国王的面相。 ▶

我们后来不再改变那些杰出人物的脸，把注意力转向更低的极端，而且，奥兰治王室非常喜欢抽烟斗。

　　那个喧闹时期的另外一个纪念品在某种程度上让我无法忘记。在尼乌文赫伊斯出现前后，又有一个邪恶的鼓动者在我的家乡出现了。他的名字叫德·维勒特（de Vletter），他的职业是教师。某个晚上，一群因为他们的部分同志被非法逮捕而愤怒的追随者（市议员将社会主义集会解散之后，这个组织就影响不大了）做了一件很愚蠢的事情。他们袭击了老市政厅（被纳粹炸毁了），放走了犯人，由此导致了一场最让人懊悔的暴动，在短时间内我们的城市似乎（当时的报纸这样描述）——根据法国革命的先例——将受到常规性暴力的冲击。很多尊敬的市民临时充当了后备警察。我父亲就是其中之一，他配备了迪林格手枪以保护生命和腿。人们不知道他从没有机会用这个东西，但在我看来这种战争工具让他成为英雄，就像这徽章，还有其他东西，还有作为当地灭火公司的长官。我一直想要那把迪林格手枪，最后我得到了。反思起来很奇妙，我不曾有过作为一个作家的纪念品。在他死后，在纳粹将鹿特丹变成火红的烽火台以警诫欧洲的其他小国时，他放进储物室里面的东西全毁了，只有这把枪幸存了下来，此时它正在我的书桌上。它成为

船来船往的海港

一个十分顺手的镇纸。

现在到了早期记忆的第五段，也是更欢乐的一个。我母亲像平时一样带我出去溜达。

我们从海港回家的时候已经很晚了，在路上我拉她一同去看我最喜欢做的事情，就是看他们把猪装运到船上。在那个时期，这些可怜的猪要被放上甲板，仅仅是通过在它们的一个后脚上套上环，然后上升！它们不会被放在甲板上很久。我想这是很不舒服的运送方式，但看着它们被悬吊在空中，用只有猪才会有的叫声尖叫是非常有趣的事情。

在回家的路上，母亲走上了通向老圣路易斯教堂（后来也被德国人毁掉）的路。只有在星期天早上才开的前门大开着。我们进去了，我人生中第一次进入教堂。很多人坐在长凳上，还有很多人站着。没有冗长的布道，讲坛空着，但大厅里充满着肃穆而又畅快的风琴声。就这样，我第一次认识了约翰·塞巴斯蒂安·巴赫。从那以后，他就变成了我忠诚而又真实的好朋友。

06 祖先的共性和我的特性

据说（我从来没有机会验证）一个人在淹死的瞬间，他的整个人生经历都会在数秒内重现。德国作为一个注定要以暴力结束的国家，恰好经历了这个时段。一个时代紧接着另一个时代降临，没人能够解释。有一个时期非常像17世纪的巴洛克，然后是洛可可和罗马时代再现。甚至中世纪都没有越过，在这个国家并不是很受欢迎的公元前5世纪的希腊风格也出现了。而每个时期的迹象不仅在绘画和雕刻中有所体现，在音乐和文学上也有。

纳粹狂热的潜流已经可以感觉得到了，但是——为了对他公平——我们必须承认，这是人类自从文艺复兴以来最光芒四射的时期。这种对艺术和思想的热情并没有将它禁锢在单纯的远去的历史方面。它也坚定地将自己推向未来，也让我们看到前景，是什么让进步的未来更加闪耀。

我无法更多地探讨关于这个现象的细节——一个民族突然把所有的努力集中于将它伟大过去的精神进行快速的重温，匆忙地向着我都不愿意注视的未来前进。这个时期的期刊反映出了这场伟大的思想复苏。它们有趣的程度可以媲美美国杂志的无聊程度。

然而，美国杂志的编辑们似乎只有一个生活目的——绝对不要触碰（或者很少）一个口袋里面只有五美分的傻瓜不能明白的问题——他们同时期的德国人却在那个瞩目的20年间把整个世界当作了他们的行省。他们放弃了原来的失败的老路，大胆地追求不管在什么形式和外形下出现的真相。

我希望我能留有几本那样的杂志，它们写满了那些美国人从没有想过或者避免的题目，因为怕它们会招来有组织的大众的强烈抗议的信件。而这要归功于那些曾经引起教会、犹太人、科学基督教、爱尔兰人、苏格兰人（试试拿《麦克白》开玩笑），还有其他一些不知名的市民组织愤怒的编辑，编辑们没有预想到这些组织的存在，直到他们嘲笑了某些偏见。

不管怎么说，在短暂的德国文艺复兴的20年间，编辑们要么好像不曾注意到这些组织，要么就是他们根本不在乎，仍然刊登他们自己喜欢的话题。在这方面，我认为，他们给德国文化的进步提供的明显的公众服务，当然，美国的编辑（他们是追随者，甚至从没有表现得像引导者）选择了更加明智的一方。因为在德国国内，所有痛恨任何其他优秀文明的人（希特勒很聪明地将自己的力量建基于这些反抗组织的思想之上）都等待着，当他们获得控制权的时候，那些极端现代的杂志、思想，还有艺术组织都将被残酷镇压，这些编辑和作者不是被杀就是带到集中营，这些杂志也被烧掉以免被发现。

这种命运不会降临到《星期六邮报》或者《世界主义者》上，但以后的学文学的学生会注意到《概要》和《豪猪》。他们最多会看美国月刊和周刊的广告，然后将剩下的像垃圾木浆一样扔掉，而上面的幼稚故事和严肃文章都不会成为他们讨论的话题。

这些都逐渐引出一个非常简短但又非常重要的文章，我在差不多十年前在一本德国月刊上看到了它。我保留了它很长时间，但我存放在祖国的东西被德国人毁掉的时候丢失了，那么，我只好根据记忆重建它。这个杂志主要探讨遗传和民族的问题，特别是从朝代和贵族的角度，因为那个时代还是有很多人对家族体系还有遗传的纯正性非常感兴趣。

它试图劝说我们不要对自己的家族谱系感到骄傲，因为所有人间的联系都比我们自己想象的要紧密得多。

我们所有人都有双亲、4个祖辈、8个曾祖辈、16个曾曾祖辈、32个曾曾曾祖辈、64个曾曾曾曾祖辈，依此类推，直到基督诞生，我们至少应该有48000000000000000个祖先——那是48，还有15个0在后面。在公元前29世纪基奥普斯修建金字塔的时候，会是怎样的数字！当然这很荒谬，因为100年前人的死亡率是如此之高，以致在如英国和法国的国家，居民的数字都非常小，而17世纪的荷兰，也就是在它的全盛时期，也只有1500000的人口。

那么，那些生活在现今社会的两亿人的几百万的祖先变成了什么呢？这些人就是我在《人类的家园》中说的装进小箱子，推进大峡谷里的人。（这也是我在德国出版物中获得的主意。）

他们不是任何人，除了作为其他人的第一、第二、第三或者第十九个表亲。几年前，我在瑞典看到了一个非常著名的家族的谱系表。它从中间的父亲和母亲开始，然后开始向四周发散，在第三层就会遇到不可避免的表亲。所以我们的48000000000000000个祖先都曾经同他们的表亲结合——如果我能这么表达的话。简单明了地说，就是我们所有人都有亲戚关系；我们相互是表亲。当然，这打破了荒谬的纯民族神话的基础，顺便说一句，这种纯种族谬论在荒唐的第三帝国时期没有受到限制，而是通过奇怪的或者说迷惑的方式，间或在其他的国家显现出来，比如说美国。但德国的情况是最有趣的，因为它是一个由日耳曼和斯拉夫混合的种族，在"三十年战争"时期被欧洲大陆其他国家所侵占，甚至在这些侵略者中间也有很多非日耳曼血统。

瑞典人继承了所有芬兰人的基因，而芬兰人不是雅利安人。帝国的军队雇佣了很多奇怪的拥有可疑的祖先的巴尔干半岛雇佣军。这些人对他们要攻打的民族的宗教事务并没有什么兴趣，只对战利品感兴趣，德国人要保持民族的纯正性的观点的结果是非常可悲的，拿破仑一出现，那些因为这个愚蠢的战争所引发的破坏就恢复了（在这件事情上，德国丧失了一半的人口）。

拿破仑更喜欢让别的民族自相残杀而不是他爱的法国人（在这方面，俄罗斯战役的民族统计数字是最好的证明），所以德国平原被一群包括西班牙人、那不勒斯人、托斯卡人、翁布里亚人还有波兰人的混杂队伍所侵占，而对一个没有抵御能力的民族来说，情况更加糟糕。甚至汉斯·克里斯蒂安·安徒生（Hans Christian Andersen）在欧登塞小城（上帝知道，那时西班牙离丹麦很远）也对那些在街上搭讪他、亲他，并向他诉说安达卢西亚孩子的故事的黝黑外国人感到惊奇。如果他们亲小男孩儿，那么，他们可能也亲一些不是那么小的女孩子。

所以，这个在欧洲每个地方都能找到的纯种族神话，在荷兰国家颂歌的第一段中也能找到，它告诉所有的荷兰人，他们的血统是同外国人不同的。然而，并没有所谓的血统，因为原来的欧洲就像现代的美国一样是个大熔炉。

我很高兴我成长在一个避免了这种纯种族神话的环境中。1813年荷兰王国建立之后，随后就爆发了暂时性的民族自豪感（在被外国占领的最初的18年间，可怜的人们没有什么好自豪的），出现过有关古代的巴达维亚人的大暴乱，他们在恺撒之前的一个世纪开发了欧洲中部平原的西部荒地，在莱茵河口和马斯河之间的湿地定居。在我小的时候，除了在海牙和斯海弗宁恩之间的娱乐公园之外，他们对我而言没有任何意义。而在国歌里面强调的祖先纯正性更没有意义，因为这首冗长笨拙的诗，很久之前就被改编为非常猥亵的打油诗，我都不屑于将它翻译出来。孩子们对于假的东西嗅觉如此灵敏，他们感觉到有的东西并不是非常忠诚和真心的时候，就会把单调乏味的空洞词语改得非常污秽，以致后来他们自己回首当年的时候，会怀疑他们当年怎么一点都不会因为这种亵渎行为而有负罪感。

我不知道希腊人是否有这个习惯，但我们有证据说明，在中世纪，被激怒的学者们会背诵大量宗教诗文而不是恰当的词句。除了这些很少发生的偶然事件之外，我们精心打扮去聆听那些沉闷的教士和乏味的学校老师没完没了的演说，我们的时间都花在被迫听从那些劝诫的噩梦上，而这些在我们的东边邻居那里是如此的普通，他们的小男孩儿和小女孩儿永远都要被提醒赫尔曼的美德，他是奇卢斯茨的领导者、图斯乃尔达的贵族，他肯定看起来很像一百年前的乌克兰农妇，当时农奴制还没有被废除。

所以，当我现在对我的祖先示以敬意之时，我不是从我的历史老师给我的信息里重现他们，而是从之后我自己搜集到的信息。他们非常可怜，对我来说，他们在被迫居住的环境中存活了下来，简直是个奇迹。

首先，在几万年前，他们肯定是同我在鹿特丹最喜欢的博物馆的玻璃盒子里看到的朝我咧嘴笑的野蛮人同时代。他们皮肤黝黑，对我们这些白皮肤的民族来说，他们有点奇怪。我们没有必要这么白。我们显然是在影响我们色素沉淀的气候下生活了几十万年，看起来就像是原来的自己的讽刺漫画。所以祖先看待我们，就像印第安人看待意大利热那亚人西格诺·克里斯托弗·科伦柏（Signor Cristoforo Colombo）一样奇特。因为某些神奇的原因，我们总是认为科伦柏是个西班牙人，实际上他是个意大利犹太人，如果他是个西班牙天主教下层贵族，他的不幸和幸运会更好被理解。

　　他们住在一种巢穴中，或者最好的情况是像现在的澳大利亚土著人一样，住在一个茅草屋里。他们的子女像爱斯基摩小孩儿一样，在冰屋里面长大。也就是说，从他们出生直到他们死去的那天，他们都生活在垃圾堆和不洗澡的身体的永恒恶臭之中。这些可怜人的死亡率肯定非常高，但他们还是存活下来了。除了棍子和石头之外，他们没有其他对抗那些仍然存活的动物的武器。渐渐地，他们学会将石头打成刀和斧头，还有矛头，在石刀磨得能将一个有锋利牙齿的老虎的喉咙割破的那天，它在进化的道路上所取得的进步意义比詹姆士·瓦特发明代替人力的机器的那天更大。

使用简单粗糙的石器工具的原始人

但是，在使用简陋粗糙的石器工具的原始人和使用看起来像钢刀的人类中间，还横亘着一段持续长达4000年的历史时期。据我们现有的确切信息所知，当时欧洲正经历一个持续时间长、强度大的冰冷时期，欧洲大陆的表面到地下都被冰雪覆盖。这就是人类走向学习的时刻，因为这是发明还是毁灭的问题。没有人喜欢毁灭（这段经历是如此地激烈和具有决定性），人们开始开发他们的大脑，并变成了伟大的发明家。

他们将狼训练成打猎的良伴。他们发现，驯鹿在冰川退去之后很适合生存，可以被驯化成奶、肉和衣服的永远供应者，它们的骨头可以做成各种各样的工具，从针到滑冰工具。这种动物有自己顽固的意愿，不喜欢像低智力的牛一样被圈养起来，只要在游牧的时候跟着它们，牧养它们的人类就能保证永远都不用担心之前出现的饿死的危险。

那肯定是个奇妙世界。我很高兴我对它了解很多，并且意识到不会很喜欢它。当你在去瑞典的路上看到拉普兰人的村庄，想象一下你光荣的祖先曾经生活在无法形容的肮脏（当然，他们没有无止境的重复最新唱片的留声机）的地方，你会想，不管如何，我们发展到相当远了——事实上，远到当我们想到简陋的开始的时候，没什么权利好期待的。因为在第一个房龙决定停下木桩，跟随这个慢慢消退的冰川的脚步，占领这个位于大沼泽西部的荒无人烟的贫瘠之地，这个地方后来成为地中海。

他们在一些河流（通常是一些在陡峭的悬崖之间的河流，这些悬崖也是天然的避风港）岸边短暂停留之后的行迹是如此地模糊，以致我们对他们的漫游一无所知。其中，有些可能顺着莱茵河到达了英国。北面的湖逐渐变大了。时间长了以后这些河流穿过了南部的山，创造了今天人们所知的英吉利海峡，同北冰洋沟通，把英格兰变成一个世人都忽视的岛屿，直到几千年以后，罗马冒险者尤利乌斯·恺撒来到这个地方，发现要征服这个岛屿，首先要建造一个船队。这个岛屿位于公海的西面，罗马人不怎么了解它，就像现代的人不怎么了解西藏中心或者巴西一样。

　　与此同时，我们自己的国家还是一个没有道路的湿地，还有一排保护它免受来自北海的毁坏的沙丘。各处出现了适合人类居住的条状带，并且吸引了那些从一开始就漂流到我们现在称之为"边境"的地方的各种各样的移民。还有一些吃苦耐劳的先驱，他们希望给他们自己和家庭寻找更好的生存环境，他们停下木桩，来到世界的另外一边，成为独立的猎人和商人。从我们的先驱看，在那些更有精力的人之中，大概百分之十或者更少的人能从这个冒险中获得成功。剩下的人分为两类。第一种就是部落中较弱的、没有在家干得出色的那些人，他们被迫到别的地方碰碰运气。结果是要么死亡，要么他们遇到了更强壮的邻居，很快，他们不是彻头彻尾的奴隶，就是被迫做了某种农奴，如果史前的人们知道农奴是什么的话。虽然不是那种叫法或者在那种有组织的体系下，但是可能实质就是。因为它是人类社会的自然发展，那也是为什么在某种意义上来说，我们现在还有。这不是官方的说法，因为在民主胜利的今天，我们会激烈地否认这种制度的存在的可能性。然而，那些对杰出的约翰·斯坦贝克的著作熟悉的人们会知道更多，而其他人永远都不会知道。

　　第二种就是犯罪的人，他们因为安全的缘故在这个荒地丧失了自我，希望在更好的环境下继续选择职业。然而，这些人所占的比例微不足道（即使让人很不舒服），因为史前的法学应该同丛林的法则相似，那里的兽群会把对他们安全构成威胁的任何东西毁掉。

　　当然，我没有任何办法找出，在那个定居时代早期或者后期，我自己的祖先是属于哪一种。史前人类在混血的情况下如何保持品种让人好奇。一天，我那可爱的非常有学识的医生舅舅和我来到海岸边的一个小村庄，然后，我们在路上停了下来。"天哪！"我们异口同声地叫出来，"尼安德特人！"他就在那里，一个纯种的尼安德特人：剑眉，长长的像猿一样的手臂差不多够到膝盖以下，还有那在埃林的偏僻小村的爱尔兰人身上才能看到的拖沓的步态（毫无疑问，史前时期人类中那些更弱的被那些更强的赶走了，然后到了西方，他们再也走不动了，而西边最远的地方，像今天一样，就是西爱尔兰）。

我们对这个意想不到发现的人进行了慎重的调查，发现他属于一个家族成员特征都很普通的家庭。他们不是傻瓜，但处于两可的情形，在学校他们一般是班级的底层。他们以在海滨捡破烂为生，因为他们不具备成为一个普通渔民的力量和智力。他们在任何方面都不会比他们的邻居更有恶的倾向，他们跟同类走得很近而且总是跟表亲结婚，没有人会打扰他们，除了他们总是遇到人们兴奋的跟他们打招呼："哎呀，猿猴！"但是，现在他们不是了，这已经成为一种身份标志，因为他们是这个村子里面唯一可以这样被称呼的人。

然而，我不需要担心我们是这些史前博物馆展品的后代，因为我的家族（特别是我母亲的家族）以好看的长相而闻名。我的母亲和阿姨们在年轻的时候以美貌闻名，而她们的兄弟直到死的时候都很有风采。另外，他们有撒克逊血统，当然，这个血统肯定有法国因素的成分。

但是，那些事情并没有很大的历史重要性。我的祖父来自奥登堡，也就是来自塔西佗时代的老德意志，那是在基督创世初期从莱茵河和易北河延伸出来的，也就是日耳曼人和斯拉夫人之间的分界线。

我从我姓氏里面推断出我的法国血统。在荷兰语中的房（van）并没有在德语中"房"（van）那样有意思。它并没有表现任何贵族的祖先的意思。它只表示一个家族在来到新的社区之前来自哪个村庄或者省。

在我12岁时，我突然对家谱生发起兴趣来，然后尽最大的努力同龙（Loon）伯爵建立直接的亲戚关系，他在13世纪同荷兰女公爵结婚，从那时开始变成非常重要的国家首领。这位先生在筹备到圣地旅行的时候逝世了，他的妻子被放逐到泰克斯岛，因为荷兰的贵族非常愤恨让一个女人和她的外国丈夫统治的主意，所以，他们马上把她赶走，并选择了她的叔父成为她的继任者。龙（Loon）王国让我非常兴奋，因为我当时正处于对艾凡伯伊（Ivanboe）非常感兴趣的时期。龙王国在14世纪被列格主教吞并，结束了作为独立王国的时代。所以，我们能同这个封建家族相关联的最后一点机缘都没有了，我只有接受这个现实（当时，这让我很难堪），那就是在一个不知具体的时间，一些附近的面包师或者屠夫从附近的龙郡来到鹿特丹，而且，因为他的"来源地"，成为别人所知的来自龙的简或者皮特，就像我在佛蒙特的孙子们会被多赛特的学校小同伴们称为"来自康涅狄格州的小孩儿"一样。

但是，因为龙国位于比利时的瓦龙地区，而瓦龙人更多的带有法兰克血统而不是撒克逊的，所以，我迅速衰老的脸上至少有少量的法国血统。

其他的血统，我就没有一点线索了，因为就连一直都有一批专人记录家谱的哈布斯堡和霍亨索伦家族都只能将他们的家族族谱追溯到12世纪或者11世纪，我们能有什么记录呢。

我曾经雇过一个穷书记查看那些档案（荷兰过去400年的官方记录都没有被丢掉，从养狗证直到皇室的结婚证）以挖掘出房龙（Van Loon）的家族谱系。这是个曾经拥有很多学校老师、福音书牧师，还有小经营者的受尊敬也很普通的家族，没有一个人是非常杰出的。但是，当我对15世纪低地国家的环境知道得越多，就对他们在那么长的时间内存活下来，繁衍了房龙家族感到越吃惊。罗马人可能并没有对他们产生很大的影响。对他们来说，这片湿地是去不列颠的必经之地。就像19世纪30年代到40年代的美国人，他们要在去加利福尼亚的路上建立碉堡阵线，那么，印第安人就可以被骑兵包围在界限之中。罗马人也这么干过，他们沿主要的河流建立了堡垒，然后留下几百名正规军、还有一些军官来照看旅行者的安全，同时也收取周围居民的赋税，然后跟一战前在塔西提岛上或者印度支那岛上的法国官员一样无聊到死。

在法尔维斯特建立的军事堡垒可能发展成为一个贸易站，当地人可以集中在一起出售他们的产品。如果他们幸运的话，会获得用钢做的刀或者剑，因为他们中的大多数还处于石器时代或者最多是铁器时代。

我有时会想象我的祖先（因为我母亲的祖先那时肯定存在）在罗马时期会是什么样子的。可能他像30年前在俄克拉何马的印第安贸易站找到的北美土著人一样：不是很机灵，不是很干净，不是很持重（如果他能克制），一个除了打架或者打猎之外什么都让他妻子做的大懒人，在打猎等事情中他才变得活跃。贵族野蛮人的理想，这指的是古代北欧的日耳曼部落，在过去的60年间变得非常流行，而且在一些历史小说中发展起来，幸

北美土著，除了打架或者狩猎之外什么都让他妻子做的大懒人。

好人们忘记了。我不希望自己看起来对它们太过严格，但是，相对于那个时代著名的作家们——他们总是把当时罗马的邪恶同献身于沃坦森林的金发碧眼的英雄们的美德相比较，我有一个优点。我调查了这些受尊敬的野蛮人的第一手资料，发现他们非常可怕。我不是指同我们的肤色差异。我很荣幸地遇到了一位优雅的绅士，就是我在纳塔尔中心见到的纯祖鲁人，他有如此白人方式的绅士风度，以至这成为我们对殖民行为唯一的借口——我们坚持个人行为的简洁朴素。

但是，我不支持那种将文明同浴缸定义在一起的奇怪的见解（这在我们当中不是很少见）。我认为，在人类进步的道路上来说，垃圾桶比浴缸更伟大。而最让我震惊的是原始人生活环境的脏乱，这似乎对他们的思维方式也产生了很直接的影响。所以我只能祈祷有几千年地中海文明的罗马人来到我们的祖先的湿地上的那一天。

我想起来，几年前，在荷兰东印度群岛的一个小岛上，我注意到当地医院的一位妇女——她的整个脑袋都被绷带包扎。我问医生她是不是出了事故。"不，"他回答道，"他的丈夫打猎回来，她拒绝对他的丈夫执行'夫妻义务'。所以，他试图切掉她的鼻子和耳朵，这是当地的惯用法。她住在离这里10小时远的地方，但是不管怎样我们把她弄到医院来了，我们干得很好。"

"她丈夫呢？"

"我们抓到了他。"

"你们打算对他怎么办？"

"我们怎么办？我们会把他锁在链条上禁锢一年左右，他会非常满意的，因为他会免费吃住。然后，他会重获自由。"

"那么这个女人呢？"

"她会跟他一起走。她还能去什么地方？"

我知道，在那样的地方那个女人不会拥有任何东西，我也意识到我祖先在罗马法到来之前可能也只是好一点。它无疑干涉了当地人的自由法，但我从没有听说过这个安排是错误的合情合理的解释。现在好像有一场关于白人和他们的黑一点的兄弟的品质的比较，不变的是白人总是第二。

我完全熟知那些人（那些捕鲸人和商人）的不那么愉快又更残忍的品质，这些人是入侵大西洋、太平洋和北冰洋的白人先驱。但是，那些指责他们侵略了人间天堂，无情地破坏了百万无辜的少年儿童的快乐生活的人，应该对这个问题再进行仔细研究。甚至在大自然提供了超神奇的美丽的太平洋，人们在这里几乎不用担心所需（如果你住在可可树下，你很难会挨饿），都充满了吃人肉的欲望，还有各种各样残酷的施暴者，不管是对朋友还是对敌人施暴，这就是他们削减自己人口的方式，直到约翰·库克船长出现，他自己也死于纠纷之中。

所以，我很感激尤利乌斯·恺撒，还有他的军队，因为他们发现了我的祖先，教会他们一些靠他们自己可能不会学会的东西：怎样挖井、建水渠。这样，他们可以相对安全地生活在具有毁灭性的海边，开始耕种一小块地，养殖一些牛和鸡。我对罗马人在不列颠殖民地的失败经营感到遗憾，在那里，罗马人居住了比白人在美国居住的时间还要长。

随着罗马交通警察、罗马地方行政长官、罗马工程师的撤退，变得好像他们从来没有出现过一样。我们的祖先很快恢复到他的古老的应受指责的生活方式上去了。他再也没有一个建设得很好的罗马别墅来嫉妒，希望自己某一天也能拥有一个。他很满足于住在一个没有窗子或者烟囱的单间房里，也不会对跟他的猪、小孩，还有妻子共住有任何想法。

在陆地上，他忽视了那些堤坝，让那些大河随便流，直到那片他认为是他自己特别的领地的地区变成一个大内海——所谓的须德海，在1500年的独立和混乱的生活之后，它提醒人们，它变成现在这样不是因为自然的法则；更多的是因为人类的失误，所以它最好自己晒干，变回最初的人类和野兽培植地。

那些公路几乎500年中都有稳定的商人和货物流出现，它们也就成为公路响马的打劫地，直到来自南方的腓尼基商人不再到那些野蛮地区冒险，妇女们也不再有鲜艳的棉质衣服、饰品，还有受欢迎的化妆品（可能还是天然的），她们从罗马行政长官的妻子那里学习到了用法。

简单地说，就是他们立即快速地回到他们的荒蛮的祖先的生活方式，当那些部落医生开始负责生病的事情的时候，跟随侵略军来到这里的希腊医生发现，他们的贸易不再安全，所以就回到他们原来的地方。

让人惊讶的是回到野蛮是如此地快。这在三十年战争末期的1648年再现，德国某些被劫掠得最严重的地方又出现了吃人肉（希腊语anthropophagy），这个美丽的希腊词汇的意思就是吃人肉。很快，欧洲的那个地区就回到了野蛮时期。当公元1世纪塔西佗参观这些地区的时候，他注意到了这种倒退，并感到非常惋惜。一群满载着期望带给世界尽头希望和爱的人的出现，他们不会介意伴随使命的危险和不舒服。他们大胆地深入到当地的偏僻角落，跟那些目瞪口呆的当地人宣讲拯救他们的神秘的上帝。上帝自己死在同一个皇帝的手中，皇帝的军队的祖先在那场著名的条顿堡林山战役中全死了。这场奇怪的遭遇战，同卡斯特将军的大屠杀类似，没有阻止罗马人在莱茵河的右岸建立根据地。但是，这也是北部日耳曼部落要铭记的事件——因为那天日耳曼人证明自己比罗马人强大。

因为上帝的奇怪的应该"爱每个人"的教条（包括所有人，你的敌人和对你犯过错的人），这些北方的野蛮人花了好长时间才心甘情愿地接受这个福音。此前，入侵者带坏他们的儿子，将他们的儿子送到他们大言不惭地提到的天堂，同时将他们的父辈在沃坦和弗雷亚建立的旧圣坛烧掉，当地人对此深感愤怒，他们通过袭击这些入侵者来表达他们的愤怒。

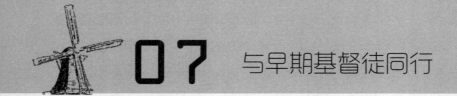

07 与早期基督徒同行

多年来我一直有个想法，就是写一部从1世纪到最近的我的祖先的历史书——根据我的想象，事实上我没有见过他们。最让我迷惑的时期是从7世纪开始直到8世纪末期，在这个时期我们整个世界改信基督教。在学校我被告知，这个过程非常容易而且非常愉快。当然，各处都有一些弗里斯兰人，他们行为可悲，偶尔会砍死一些特别虔诚的传教士，就好像新几内亚的土著人（在100年之后）会跑到基督徒的居民地，然后高兴地回家炫耀得到的一个血淋淋的白色头盖骨。但是，这种事情很快随着炮舰的到来而解决，其结果就是杀戮上百个土著人以平恨。这就是我们所学到的中央集权政府的先进之处，我们不会有哪怕是一点点的"殖民统治"的想法（除了我们中间有人是受害者家属），我们由衷地同意这种做法，然后每天背诵："公元630年，达戈贝尔（Dagobert）在乌得勒支建立了教堂。公元679年，佛里斯兰国王拉德班德（Radbad）破坏了达戈贝尔在乌得勒支建立的教堂。公元754年，佛里斯兰的教士博尼法斯（Boniface）在布道福音书的时候被杀害了。"

但是，日期对我们的意义就像我的孙子们的维生素对他们一样。我们吞下了它们，只要一方便就忘掉它们，也就是在假期之前最后的考试之后。

然后，我们在下一个学期回到枯燥的教室，我们再次开始："公元630年：达戈贝尔在乌得勒支建立了教堂。公元679

年，佛里斯兰国王拉德班德破坏了达戈贝尔在乌得勒支建立的教堂。"循环以往。每年都是同样的老故事，随着我们长大，对事物理解能力的增长，故事也更加详细。最后我们得知修道院的增长，以及好心的修道士们到处修堤，教人们种出更好的蔬菜，甚至劝导人们在大斋节以及星期一早上直到星期三晚上之间都不要杀生，他们还通过比其他那些拥有奴隶的主人更体面的对待他们的奴隶和农奴来给那些任性的邻居做示范。

但是，这个事情是如何发生的，这些被抛弃的异教徒是怎么突变成开明的基督徒，其中的细节从来没有人向我们说明——现在我知道，因为这个过程非常复杂，如此地多面化以至普通的学校老师都不知道它是怎么发生的，然后发现只要让我们重复："公元630年，达戈贝尔在乌得勒支建立了教堂。公元679年，佛里斯兰国王拉德班德破坏了达戈贝尔在乌得勒支建立的教堂"，事情会更简单。

有的时候，为了给故事增色，他们会给我们讲拉德班德国王的奇闻逸事。这个邪恶的异教徒佛里斯兰首领好像最后得到了报应，他掉入了法律制裁的手中。同样，这些法律制裁怎么出现一直没有得到解释，但它们就是出现了。因为法律制裁的出现，现在在国王面前有两个选择，要么受洗，要么掉脑袋。国王陛下，作为一个聪明的人，选择了受洗。当他的一只脚已经在洗礼盆中的时候（之前从没有告诉我们当时必须是河或者是水池），他退回来问道，如果他受洗了，他是否能去天堂。他被告知他可以。

"如果我拒绝受洗呢？"

在那种情况下，他被告知他会下地狱。

"那么，"他当时回答道，"你们应该摘掉我的脑袋，然后让我去地狱。因为至少在那里我可以跟我的朋友度过永恒，然而如果我去天堂，我在那里不认得任何灵魂。"

　　他们继续相互打架，对过往的不幸的商人像匪徒一样，他们的妻子除了清扫之外做所有的工作，他们自己却只是喝酒赌博，偶尔他们还洗劫修道院。

现在，我不再担心那些A或者E（除了我的读者给我的），但是，我还是同在8岁的时候一样，不是那么理解为什么那几万人从旧的信仰转到新的信仰那么快而且相对地那么容易。然而，我累积了一些猜测，我现在提出来。

我确定他不是如我在《教义问答手册》里面学到的那样"看到新的光芒"，并且跟伦理上和精神上的考虑也是没有关系的。所有这些撒克逊人、佛里斯兰人，还有斯堪布里人，或者其他不管叫什么的人，同今天婆罗洲中心的猎头人一样，对生活的精神意义并没有什么兴趣。他们有从父辈那里传下来的自己的"行为法则"，他们的父辈也是从自己的父辈那里继承下来，依此类推追溯到他们黑暗血污的英烈祠时期。所以，他们的日常行为同他们在皈依之前一样。

他们继续相互打架，对过往的不幸的商人像匪徒一样，他们的妻子除了清扫之外做所有的工作，他们自己却只是喝酒赌博，偶尔他们还洗劫修道院。但是，我现在对这个白人历史的最有趣的时期有了更好的想象，我开始想，"基督教化"对于这个地区的野蛮民族有很多好处。

基督教在到达欧洲的时候，已经有700年的历史了。现在，我对它为什么能打败它的所有对手有个清晰的了解了。因为我们知道，在帝国早期的罗马有非常多竞争力强大的神秘宗教，就像今时今日的美国一样。它们变成神话传说中的角色，同民族最早时期相关联。一个"现代"的罗马人不会期待在田野里散步的时候遇到潘恩，朱庇特是你发誓的时候要叫的名字，而不是要崇拜的神。然而，因为这些神和女神渗透在整个国家的政治生活当中，人们认为维持现状是个好主意。所以，当罗马人进行庆典的时候，就像今天我们的自由日（在如今更加严肃的世界，已经不是基督徒的人了）会让一个牧师给他们主婚、给他们的孩子施洗、主持葬礼，因为这个事情就是要这么做，要不然邻居就会开始谈论或者问东问西。

同时，罗马人，特别是罗马女人，找到了一个精神生活的方式，这在这个世界大都会流行起来。来自希腊、叙利亚、埃及、迦勒底，还有波斯的灵魂医生和先知因为他们的戏法赚得金银满盆。

他们同我们的占星家、命理学家还有算命者一样聪明，而且总体来说对我们的社会产生了很大的恶劣影响。因为所有的男人都是东方狡猾把戏的好手，罗马逐渐变成同柏林共和国时期的情形相像，柏林大部分人的道德都败坏了，至少从这个方面来讲，一个强有力的政权是非常有必要的。

同时，在帝国毫不迟疑地建立法令法规、让"火车按时跑动起来"（就像我们在20年代和30年代早期曾经这样形容墨索里尼和他的法西斯主义）的时候，在一般的市民的舒适度和幸福的增长方面却没有非凡的成就。就像沙皇时期的俄罗斯一样，它是少数人的无理奢侈，多数人无尽的痛苦。无止境的征服战争让这个国家装满了军事囚犯，比当地的奴隶人口多出70%。这些人的命运是非常可怜的，因为一美元可以购买10多个奴隶，所以这么说。他们受到的待遇，就像战争爆发前，我们的小孩的爸妈们拿走他们的自行车，骑着他们去山村一样。

1世纪的罗马帝国并不是一个贫穷者、卑贱者以及顺从者能够得到机会的国家。那些被剥夺财产的人开始留意，一旦找到机会，他们就会潜到新的弥赛亚的追随者的聚会上，听有关那些要么认识他，要么曾经在很远的巴勒斯坦的贫瘠山丘上听过他的布道的人讲述关于他的故事。他们不仅收获了兄弟姐妹，还能分享朋友们的简单聚餐，这些朋友宣称他们轻视物质财产，宣称富人们获得救赎的机会比骆驼穿过针眼的机会还要小，他们渴望跟邻居们分享他们的财产。

但是，除了这种新信仰的共产主义方面以外，肯定是其中的"希望"使聚集到十字架下的人前所未有地多。那个十字架上钉着他们像逃跑的奴隶一样受惩罚的领袖，被十字架钉死是罗马人对于逃跑的奴隶以及胆敢反对帝国政权的人的惩罚。

所以，耶稣存亡的环境对帝国的奴隶们来说都很熟悉。不小心谈论残酷的主人或者高傲的女主人的话，他们就会被钉上十字架。如果冷酷的监工鞭打孩子，他们出手保护孩子的话（如果他们被允许带小孩在身边的话），十字架也会等着他们。而这个来自不知名村庄的木匠，他与渔民、旅馆店主还有其他卑贱的不管是男是女的人民关系密切。他因为对穷人的爱而招致统治者的不悦，因为统治者会毁掉任何对他们构建的秩序提出过多疑问的人，他被杀害了。

是的，他不同于其他冷漠的神，比如说太阳神，他在罗马士兵中非常受

信仰犹太教的犹太人自称是上帝的特选子民，其信仰具有强烈的排他性。

87

欢迎，他几乎取代了老朱庇特。他也不是西布莉，有着银身，黑石脑袋，驾着她那狮子拉的战车奔向她的爱人。他也不是迦太基（Carthaginian）神，统率着现在已经被遗忘的城市野兽神——一些长得像猪一样，满身是毛的恐怖动物。他也不像狄俄尼索斯，狄俄尼索斯最近变得非常受欢迎，因为他的男祭司售卖药效强劲的催情药，而他的女祭司开设妓院。他不要求人们用洒血或者是人肉牺牲来崇拜——这种方式对维亚·克劳迪安（Via Claudia）还有图斯库卢姆（Tusculum）山上的时尚女神们来说是非常必要的。虔诚地纪念他的人虔诚地吃下一小杯酒和一小片面包——所有这些都让人们想起，当一个巴里神（Baal-berith）或者巴里女神（Baal-zebub）可以在巴勒斯坦或者叙利亚的村主里面有自己雕像的时候，这些受尊敬的魔鬼的圣坛上，永远都滴着最近遭屠杀的男女的鲜血。

最初，不太了解犹太人（他们现在居住在地中海的每个城市中）的很多人认为，基督教就是某种减去了那些严格教规的犹太教派，这些教规包括吃、喝，还有睡觉、起床，在跟你的妻子结婚之后剃掉她的头发，将妇女圈在寺庙的另外的房间，当别人都在工作的时候就不要工作，别人不工作的时候再工作，不让任何陌生人在自己的城镇里过夜，从不跟没有受割礼的市民说话（如果你能避免的话）。当他们进到希伯来移民在他们自己的城镇里建立的犹太教堂时，他们对于犹太教的排他性才有新的认识，他们很快发现来错了地方。如果他们此时说，他们想要了解更多关于那位先知的细节，然后说出他的名字的话，这些犹太人就会谩骂他。犹太民族愤怒地谴责这个民族叛徒，他们用石头和棍子威胁人们离开这个地方，因为犹太人憎恨这个假的弥赛亚，因为他忘记了他的父辈的律法，将其他非犹太人同等看待，他会帮一个非犹太女人的女儿治好病，就好像她是犹太人一样；他会跟一个外族的人共度一天，并跟他分享他的面包，就好像跟同族人一样；他也会很快乐地跟普通人在一起，就好像同经文抄写员在一起一样。他宣称（在公众面前也一样）一定有某些人性之法位于数千年前摩西定的禁忌和限制之上。

当了解到犹太教和基督教是非常不一样的信仰之后，这些探索者们最终发现面包师或者油商的家才是他们的目的地，在那里的一个小黑屋内，他们能听到一个巡回的布道者讲述那个平凡人的神奇故事，他能给那些被生活抛弃的人带来希望和救赎——给那些奴隶、贱民、头脑简单的人、普通人，还有贫民窟和奴隶房中的每个人带来救赎。

所有的这些我都了解了，现在我能非常清晰地看到，就像我能看清楚为什么1200年以后弗朗西斯哥·贝尔纳多可以让那么多的人放弃一切去追随他，而且我知道同样的事情今天还会再发生，如果另外一个拿撒勒的耶和华或者阿西西城的弗朗西斯出现，有让人信服的勇气，告诉那些民众，他们其实一直在朝错误的方向寻找救赎，不是拥有什么才能让一个人快乐，他的救赎在舍弃之中寻找。但是，早期耶稣是一个简单信仰并毫无怀疑地接受他人的人，他召集过着简单生活的信徒们聚会，他是个和蔼快乐的教师，他也会同信徒们一起在朱迪亚的田地里游逛，在夜晚的凉爽降临时，他用寓言和有关幸福、正直的小故事来娱乐他们——然后，他演变成4、5世纪的新耶稣，一个完整的神，甚至比古代巴比伦的神还要复杂（巴比伦人创造了三位一体说），就如同犹太教的耶和华一样冷漠和难以接近，不存在的神秘工作者，非常物质和高度物质形式的崇拜对象——我不了解他，我从来没有过同他交谈的欲望。我花费了很多年来寻求解答，为什么他会变成那个样子。那是常有的事情，当我通过罗马了解他时，其实我应该选择从君士坦丁堡开始。

但是，谁想过教我们拜占庭历史？只要我们荷兰的小孩子不关心的话，那个神奇并非常引人入胜的东方帝国就好像不曾存在过一样。我们脑海中同它有关系的唯一日期就是1453年，也就是它落入土耳其人手中的时间，从此，欧洲陷入了持久的不可解决的巴尔干问题中。

我们得知，拜占庭末代皇帝是在安雅索菲亚（Aya Sofia）的台阶上同敌人的战斗中死去的，我们还得到这样一个错误的观点，说拜占庭的意义在于

"介绍希腊学者和作家给欧洲人"。这个说法仍然持续。我在孙子的一本小小的历史书里面发现了它，没有比这更脱离事实的了，因为拜占庭教授们，在读出迅速溃败的城墙上的手写字迹的很久之前，已经成为各种各样的欧洲大学的明星客人，在那里，关于希腊语言的知识的课程成为一般的课程表中最受欢迎的科目。而且拜占庭首都的陨落也并不像我们被告知的那样意义重大。当君士坦丁九世逝世的时候，土耳其人就出现在欧洲，他的首都已然沦落为异教徒海洋中间的基督教孤岛。但那个神奇的神权政治的存在（在这里，皇帝是政权和教权的双重领袖，就像后来在俄罗斯一样）是对欧洲历史产生决定性影响的事实，而关于那件事情我们从没有研究过。

今天东罗马帝国存在了10年还是1000年，在政治上讲影响很小。但它影响我们宗教思想的方面，特别是基督的形象，仍然跟我们有关系，也会在未来的很多世纪仍有影响。而且正如我看到的那样，它完全不是好的影响。很久之前，当希腊世界走到尽头（我们应该记住君士坦丁堡是希腊城邦而不是拉丁城邦），变成一个智力、精神以及道德完全衰落败坏的国家，变成一个只能映射古代光辉的死潭，充满了各种各样不健康的东西，一旦靠近它就会迅速被传染死去的时候，基督教成为东罗马帝国（唯一存活下来的部分）的官方宗教。

我知道有一个历史学派否认这点，他们声称，存在了至少5个世纪的拜占庭是个活跃的文明中心——地中海世界的标志性大都会。但是，有熔化壶经验（或者差不多意思的匈牙利炖牛肉）的人都知道，最后的成品不是基于你的技术之上，更多在于扔进去的材料中。而拜占庭（或君士坦丁堡，或者伊斯坦布尔，如果你要用非常现代化的称呼）就像老了的熔壶，甚至比后来的威尼斯更甚，在历史丢进民族大锅的材料方面并不幸运，从罗穆卢斯和瑞摩斯两兄弟决定在台伯河边建立自己的小城市之后那么多年就已经在炖了。

入口港鲜少成为美德的温床，因为总是有相当数量的人们需要离开一个国家到别处（比如像谋杀、欺诈、强奸、盗窃，还有无法偿还债务）。他们有个不良习惯，就是当双脚踏上新土地之后就定居下来。最后这种海港就成为犯罪和道德败坏的繁殖地。如果除了是个入口港之外，这个城市还是个帝国的中心，还有两个大陆的交通要道的话，那么结果就会大大超出我们的想象。此外，它还发展成为所有异教、信仰、骗术的中心，这些信仰来自从喜马拉雅山到阿特拉斯山，从塔古斯河岸到伏尔加河岸的不同地方。在对比之下，《麦克白》中女巫的水壶就像格林尼治村礼堂卧室里面的精神之灯一样纯洁了。

跟这个听起来很邪恶的乱炖有关的那些民族，对现代人来说不是那么有意义。其中包括斯拉夫人、希腊人、安纳托利亚人、色雷斯人、马其顿人、威尼斯人、热那亚人、切尔克斯人和斯堪的纳维亚人。在黑斯廷斯战争之后，英国难民忽然流入，他们中的大多数成为帝国的保卫者，同拜占庭的上流社会女性结婚。还有来自爱琴诸海的岛屿和尼罗河三角洲的人，还有努比亚每个地方来的黑人，努比亚后来被称为"非洲"。这里有波斯人、印度人，甚至遥远的不可思议的中国人也出现在这里，中国人向王室贩卖他们昂贵的丝绸长袍。这里还有巴比伦人和叙利亚人。犹太人较早出现，还有迦太基和锡拉库扎以及其他在过去的千年中被占领和毁灭的城市的难民。

而这个民族混合大国由既没有拉丁血统也没有任何希腊血统的皇帝所统治，他们是来自斯拉夫或者毛里塔尼亚内地的军队暴徒，他们倾向于娶像从维克多利恩·萨尔杜的戏剧里面走出来一样的女人。从我们西方观点来看，事情变得更复杂了。这个奇特的国家是由阉人统治的，不仅贵妇住所的卫士是从附近山区的阉割儿童中招募的，而且这些儿童比在君士坦丁堡的市场上的正常要价更高。所以，后来意大利的贪婪农民有计划地培养这样的儿童，希望某天他们的儿子们能够成为教皇唱诗班（在利奥十三世的时候废除了这种体制）或者科文特加登著名的耶林（男性的女高音演唱家）。在那里，我的祖父听过最后一个耶林演唱。

在君士坦丁堡，阉人更喜欢文职，但是（虽然看起来非常难以置信），他们常常统率帝国的陆军或者海军。他们还是富人和贵族子女的私人教师，有时候也会跟他们结婚，就像埃及金字塔时代的事情一样，通过约瑟夫的故事为我们所熟知的波提乏将军就是个阉人，所以，我们不应该像之前那样激烈谴责他的夫人。他们更喜欢担任这个国家的文职，很多有势力的家族都预备着将他们的男孩子阉割以期获得更好的提升机会。在75岁时消灭了入侵意大利北部的哥特人的纳尔赛斯就是个阉人，也是担任常规军和海军将军的第一名阉人。事实上，只有一个职位是阉人不能担任的，那就是他不可能成为皇帝。偶然情况下，皇帝的遗孀想让她们宠幸的阉人继承王位。但在这方面，教权和众议员规定了界限。皇帝的儿子，必须是个"完整的男人"。

所有这些听起来都很肮脏难堪，既然同这个荷兰小男孩儿的早年生活一点联系都没有，我为什么提起他们？表面上是这样的，但还是有内在联系，因为是在这样不好的环境下基督成为神，而不是历史上最好的道德教师，这就是他的教众变成真正的基督徒的最主要障碍。

08 一长段的离题，主要是关于修道院

自从希腊哲学家站在"吟唱石"下面——这里是博学又杰出的雅典娜的家——勇敢地将宇宙掌握在手中，思考跟人类有关的一切事物，以探索宇宙如此运转的秘密资源的时候，无数滚滚海水流过博斯普鲁斯海峡，成千上万的船只在金角湾抛锚。蛮族毁坏了这个旧社会，这里人的灵魂同身体一样自由。当然，如果他是个奴隶，他就不能思考任何东西，就像马厩里的驴子一样。

然后，希腊成为罗马行省，丧失了原来的贸易，衰落到我小时候意大利的样子——游览者的天堂，那些在家里不会量入为出的人的狩猎场（"这么好的仆人，天哪，而且他们不要求酬劳！"），明信片画的素材地，还有导游书出版商的致富地。

但是，在罗马征服全世界、差不多位于财富积累顶端的时候，他们感觉到需要某种我们现在称之为"文化"的东西。作为一个擅长于做事情而不是思考的民族，他们很遗憾地发现了他们在思考上的缺点。

现在，他们发现希腊是一个学习的庞大学院。柏拉图和亚里士多德还有其他哲学家，聪明的编纂家们都已经死去，但是他们授课的学院保留了下来，仍然被职业教师当作训练思想的

作为一个缺乏想象力的民族，罗马人并没有意识到这点。在过去的500年间，他们把儿子送到雅典去，在那个学习气氛浓厚的地方，他们会受到在家里得不到的教育。

学校。这些教师相对于古典时代的哲学家而言，就像现代意大利的画家和建筑家相对于他们文艺复兴时期的前辈一样渺小。

作为一个缺乏想象力的民族，罗马人并没有意识到这点。在过去的500年间，他们把儿子送到雅典去，在那个学习气氛浓厚的地方，他们会受到在家里得不到的教育。

结果对于教师和学生双方都是灾难性的，但是，恐怕是老师更难受，因为他们非常清楚地知道谁是衣食父母，所以，他们教给那些年轻人的是他们想要的而不是他们需要的。很快，极其透彻的希腊伯里克利时代的推理被思维方式低级的人攻陷，这些人管理着希腊大部分受欢迎的学校。

同时，亚历山大大帝在帝国的其他地方建立的城市现在已经成为非常繁荣的贸易城市，就像艺术一样，知识也会追随满满的饭盒跑，所以，饥饿的人们、不成功的数学教师、语言教师和哲学家都赶到地中海南部海岸，在那里开店，教埃及商人的儿子们，就像那些比他们优秀的同伴在家里教来自罗马的人。

其结果就是知识技艺迅速腐化，而且罗马当时充斥着各种各样奇怪的邪教、宗教还有迷信，所以，旧世界的整个教育组织变得越来越堕落。直接而又深刻的思考从地面上消失了，它的位置被人们所见过的最复杂、最让人头疼、最扭曲的方式代替了。

从来没有过1000个天使同在一个针尖上跳舞，但是，很快他们就会这么做，因为现在旧的拜占庭变成了新的罗马，或者君士坦丁堡（皇帝希望他的臣民这样称呼），作为旧帝国政府的遗留地，它成为一个聪明、精力旺盛、不是过于谨慎的年轻人可以在这里过上他们所期待的舒适生活的地方，他们可以当私人家庭教师，或者给那些政治家做助手，这些政治家要与陛下的不同语言的领地保持联系。

这一切发生在306年，因为一个叫法维斯·华勒瑞斯·君士坦丁（Favius Valerius Constantinus）的人。他原本是不列颠的统治者，也非常崇拜恺撒，他突然发现，曾经被轻视的基督徒们现在已经变成他的动荡帝国中最独立、最有组织性的少数群体，于是，他跟他们联合，最终让基督教成为他们的国教。这个事情当时是纯粹的实际需求，因为皇帝自己直到快死的时候才受洗，而很多人在快死的时候都会突然转向这种对抗永恒毁灭的保险措施。特别是这个罗马皇帝，还有他同比提尼亚女人的私生子，之前他已经有很多亲人死去，包括他的妻子，这让他很悔恨。他并没有显示出任何理解这些基督教词汇真正意义的迹象。因为在他登上皇位后不久就开始着手重新建立皇帝崇拜，这是旧基督徒们最反对的，也是他们受到迫害的最主要原因。

但是，基督教的领导者们也不是不明白，如果将他们的教义同国家政治组织紧密交织，将会获得怎样的好处。当君士坦丁决定跟古代罗马彻底决裂（他看不起古罗马的民主传统），并且在老拜占庭城旁边建立一个新的政治中心（拜占庭在过去的1000多年都是亚洲和欧洲之间的交通咽喉），他们同以前的敌人联合。从那个时候开始基督不再是顺从、谦逊、贫困的人的同伴——受伤的心灵和身体的治愈者——而成为史上最专制残暴的政治统治形式的同谋。

上帝的真正地位和权力由一系列的会议确立，甚至圣像手中展示的他的头发的数目都有一个会议法案明确规定。这个过程在上帝的信条传播到我的祖先居住的地方时的前几个世纪就成为既定事实。那就是说，我的祖先们没有遇到这位巡回的布道者，他用爱、理解、怜悯的事例来治愈人们的疾病，而是遇上了尼西亚基督协会上的基督——他是由帝国浮华所包裹的严格统治者，而且那些看起来像上帝指令的执行者或侍卫的神父隔断了愿意崇拜上帝的人与上帝之间的联系。

公平地讲，我们必须承认，比起那个激发了几百万男女的忠心和奉献的基督、那个可以带领人们逃脱他们每天生活的苦难和担心的基督、那个因为正义而鼓励人们正直的基督，这个基督更亲近，也能让1200年前的异教徒更能理解和接受。他们会在800年后遇到福音书的基督。他们牺牲了个人和群体的一切，来确认上帝带到世界上的福音的真正含义。但是，在最初的基督教传教士出现的时候，他们在生活内在机遇方面没有任何前途，并且他们无法理解那个拿撒勒教师教导中突出的伦理道德内容。当我们听说那些后来居住在欧洲北部的部落大规模皈依时，我们可以用更加平直的语言来描述这件事情。

那些旧神不再与人民同在。每一个居于高位的人都要学习同世界其他阶层保持距离的艺术。出于礼节，神选定的人要与大众保持一个有尊严的距离。而古代日耳曼人后来才知道有关于他们的神的亲密流言，他们得知这些神太过阴暗以致不能持续长久。他们不是真的对他们有敌意，只是在态度上变得马虎。他们同时还感到，在同来自南部的敌人战斗的时候，他们的神对他们非常不公平。朱庇特总是证明自己比沃坦更强大，而罗马总督的太阳神一直都是比雷神更好的将军。所以，为什么还要信仰那些显然不愿意或者不能够帮助你的神灵呢，而你又知道还有其他更好的神灵？而且新的神比其他的有更实在的好处。他们的祭司是实在的家伙，他们已经训练成为对你的舒适和福利有大帮助的人。

我们应该永远记得，世界上所有地方的愚蠢的异教徒会轻易地陷入白人的谎言就是因为一个事实——白人比黑人和黄种人有更好的生存技巧。他们学会了如何驯化自然力量——他不再是束手束脚的野兽。他可以坐在门廊的阴凉处，按下将水变成酒的按钮；他可以远距离地杀死他的敌人，甚至闪电也会听他的话，乖乖溜进地下而不会烧着他家的房子；他可以无线传递信息，否则就要通过好多天的长途跋涉来传播。所以，白人侵入者对他们来说是神奇的人，当地人嫉妒他们，想知道他们是怎么做到这些伎俩的。

这些"变魔术的人"以修道士的面貌接触北欧的异教徒，对于一生中从来没有遇见过修道士的我们来说，很难想象他们在最初12个世纪内基督教的传播中所起的作用。在13世纪后期，他们的工作就已经完成了，他们后来成为社会讨厌的人而不是对社会有益的人。但是，如果没有这些急行军，同时也是工程师、医疗队和管理部的话，那么，最初的6个世纪里，基督教也不会传播到这么多的地方。

让自己从日常生活的纷扰中脱离，做自己喜欢的事情，是最好不过的生活了，不用被家庭或者配偶或者孩子们烦，也不用被县治安官或者法警敲诈勒索。这个观念并不是没有出现过。罗马人有他们自己的圣女，她们就是一群宁愿保持处女之身，以献身给她们的维斯塔女神（也就是她们的女灶神）来杜绝外界的邪恶事物的人。波斯人有尼姑——她们制作用来崇拜太阳神的神羽毛衣。佛教徒有僧侣，在中国到处都能找到。犹太人有苦修教徒，他们在公元前2世纪践行贫穷的美德，不追求钱财，坚持独身主义，过安息日，所有这些都让我们联想到苛刻的修道院生活。事实上，他们离现实生活很远，以致他们的邻居认为耶稣和浸礼教徒约翰都是伪装的苦修教徒。

所以，修道生活并不只在基督教中存在，世界上其他地方都有人们为了逃避残酷的现实而希望隐居到理想世界的现象。对这种隐居生活的热情跟长时间以来生活的环境相关。在今天的文明社会，一个普通的男孩儿有很大的机会（如果不是像以前那么多的话）出去闯荡，成为他定居的城市的一名有用的市民，如果你建议他放弃现在的快乐、合理的生活，而选择加入一个带有共产主义性质的组织的话，他会认为你疯了（因为所有的修道组织都建立在共同分享财富和贫困的基础之上）——他将不能亲吻女孩儿，不能同其他很好的伙计一起玩并感觉自己就是其中一员，要很早起床，要睡在非常不舒服的床上，只能有一套衣服，每天要用18个小时冥想和祷告。作为一个好市民，要那个男孩儿坐在一个灯光朦胧的教堂，为其他从来没有见过的人们的灵魂祈祷，这并不会让他开心。所以，除非他出生在一个中世纪传统而且现在仍然存在的家庭，或者除非他"与众不同"（这可能发生在一个教育非常好的家庭），否则，他会很高兴甚至很急切地继续追寻现代的世俗生活。

但是，410年出生（那年阿拉里克洗劫了罗马）的小凯乌斯·狄奥多休斯·沃卢图鲁斯（Caius Theodosius Volutulus）的生活又是怎么样的呢？他的父亲被野蛮人杀死，他的母亲带着他流浪到亚平宁的小国家（那是他丈夫众多财产中唯一遗留给她的）。

在正常的环境下，他应该被培养成在政治上举足轻重的人，会成为一个元老院成员，或者一个伟大的将军，或者一个富裕省份的总督。但是，他现在只能在一个小山村里过着枯燥不安的生活，他必须每天都聆听他亲爱的母亲的忏悔和祷告，她无法忘怀发生在她以及她受诅咒的家族身上的恐怖命运。

如果他碰巧是个很有冒险精神的男孩儿的话，他会尽快地决定离开他家，靠自己的力量闯荡，甚至是给那些现在统治着罗马的半野蛮人当用人，罗马原本是所有自由的罗马人的财产。但他是一个顺其自然的人，因为他的家族在相当长的一段时间内都习惯了简单富足的生活，有不劳而获的财富和奴隶，不幸的是，这些都在逐渐减少。如果他同时被赋予了对悠闲生活的渴望和对艺术的追求的话（有很多颓废的小孩儿都是这种情况），那么，这个不再提供他喜欢的东西的世界就会更有吸引力。如果他的姐姐或者年轻的女亲戚要在以下两种境遇中做出选择：要么嫁给一个糟糕的外国人（这个外邦人因为试图让自己看起来像一个真正的罗马人而更加可笑），要么被一个邪恶的歌德或者汪达尔士兵在杀掉她的其他家人之后强奸，就像是他这次洗劫的一部分。那么，离开这个恐怖的世界，在女修道院的保护墙内寻找安全和庇护当然是最好的选择。

在东罗马帝国，那里的不健康状况我已经描述过了，在很早的时候就有了逃避现实的渴望。但是，这种生活方式比较适合东方人的思维模式，因而数百年来一直习惯于注重个人整洁和住好房子的罗马人对此是厌恶和反感的。

要在一个肮脏的洞穴里面或某个古代寺庙的柱子顶上独自度过下半生，或者隐退到炽热的沙漠中心，对于一个来自已经半沙漠化的小亚细亚海港，或者是动物比他们的主人还要昂贵的埃及城市市郊的希腊人来说，还是比较有诱惑力的。但是，对于一个在公共浴室的遗迹中长大的罗马女孩或男孩来说是不可能的，男孩子如果只有一套长套衫的话，一个月也至少要洗两次。

所以，很自然的，修道院在东方的发展与在西方的发展完全不同，直到最近，这里的人们还是对那些生活在希腊北部阿托斯山顶的岩石中以及布尔什维克之前的老俄罗斯修道院中的僧侣没多大热情。

最初推动意大利修道院生活发展的人的情况表明，跟基督教有关的事情，地中海西部同东部完全不同。本尼迪克特出生在一个翁布里亚行省的贵族家庭中。他在罗马遭受最大的耻辱的时候改变了信仰（就像我之前描述的那个有想象力的年轻人一样）。皇室在100年前就离开了罗马，在拉文纳找到了避难所，这里由一片阴沉的沼泽将它同大陆隔离，这样就跟敌人保持了很远的距离，但也是因为这片沼泽，后来产生疟疾把这个城市的居民都杀死了（因为对于坎帕格纳的疏忽），罗马变成了中世纪最不卫生的城市之一。

一个既聪明又精力充沛的小伙子能在迅速陷入混乱之中的世界找到什么事情做呢——特别是当这个思想严肃的年轻人陷入到新信仰的魅力之中？

一段时间内，他去了罗马仅有的为数不多的一所学校学习，但那里的条件很让人吃惊，因为他们似乎处在一个古老社会秩序存活的小世界，主要在于它的声誉上，这里外国的因素（没有任何它们自己的传统）成为统治力量。当这种情况发生时旧成分就倒霉了，因为新来的会将所有东西都降到他们自己的水平，虽然对他们来说是正常水平，然而对其他人来说却并不是，但他们没有选择，因为他们必须依靠国家的统治者的意愿和赏金生存。

此前，曾经发生过这种情况，但没有到如此大的范围，或者说根基如此之深。我在很多国家都看到过，这并不是一个好的景象。最恐怖的事情就是秩序变坏，直到它早前光芒的最后一点残留被带到跳蚤市场，腐化生锈，因为没有人对它感兴趣。旧时代的人们处境非常可悲，在几年的有尊严的沉默过后，他们很快入住他们家族被忽视的墓地里，他们的麻烦也就结束了。但是，年青的一代怎么办呢？生长在长辈为他们预备好的、希望他们在世界上有一番作为的环境下，他们发现那世界已经不复存在了，他们现在就像那些迷了路然后被告知要自己寻找方向的金丝雀一样不知所措。他们决定充分利用自己不幸的劣势，无论如何要干得出色些。他们愿意尝试能够让自己维持生存的任何行当，展示他们的能力。他们摘掉头衔，隐藏他们生而就有的自然的优雅。但他们发现，如果你出生在贵族家庭，就很难融入无产阶级，所以他们的衣服变得破烂，他们对于未来的希望变得朦胧，他们变成人类中最可怜的人——他们发现自己完全变成多余的人了。

当那个时刻来临的时候，他们迷失了方向。很难知道他们身上发生了什么。少部分——非常少——会接受新的统治者的帮助，就算是做最卑贱的工作，也会让他们感觉到是对原先忠诚的背叛。而其他人，消失得就像你上个冬天放在壁炉上的回形针一样。到了春天，它们就不见了，只留下一点褐色的痕迹告诉你它们曾经在那里。很多年后，你有时会遇到一个衣衫褴褛的人，是个淑女或者绅士没错，而他们脸上和步态上没有任何你熟悉的感觉。但这个人，一点都感觉不出想被认出来，自己消失在无名的烟雾中。然后，你回到家中写道："上个星期五我肯定遇到了某某。她看起来很糟糕，消失在街边。我找到警察，想知道她的地址，但她肯定改了名字，因为我们找不到任何东西。很可惜！她曾经非常迷人，但我想那就是改革后会发生的事情吧。"

但是，这些出生在贵族家庭、成长在罗马大羞辱时期的年轻人比20世纪的同病相怜者在一个方面情况更好。那就是仍然有个一直都对合适的新成员开放的活跃领域，这就是基督教。在熬过了最初300年的迫害之后，它现在勤勉地接收了这个曾经是中央集权的帝国的剩余部分。因为有过一些这样的新组织的先例，教权主义在罗马也不是什么新鲜事物。

现在回想起来，老罗马人一直以来都相信宗教信仰是臣民的自由。每个人都可以根据他自己的喜好来获得拯救。甚至那些（跟世界上其他人相

老罗马人一直以来都相信宗教信仰是臣民的自由。每个人都可以根据他自己的喜好来获得拯救。

比）有很多奇怪的关于吃喝还有其他跟邻居们完全不同的行事方式体系的犹太人，都拥有完全的信仰自由。

在巴勒斯坦的罗马部队打算扛着画着他们的皇帝的大旗的时候，曾经遇到过一些麻烦，但最后罗马人也不过耸耸肩膀。犹太民族对他们的宗教习俗如此狂热，以致他们拒绝在安息日打仗，甚至在保卫他们的圣城的时候——好吧，这些人超出了普通人的理解能力，但是，因为他们十分坚持自我，不会浪费力气劝说其他人皈依到他们这种奇怪的思维方式上，而且如果是勤勉节俭的市民的话，最好的政策就是随他们去，然后最高限度的收他们的税。

而剩下的就是，每个人都可以根据自己的喜好去思考。一个异国的女神在很多年前就已经确立，她非常受大众欢迎，成为这个宗教崇拜地的中心，在基督教到来之前，这里就已经发展出了很像教皇的组织，而后者可能也是将它作为模范。

伊西斯是公元前12世纪尼罗河河谷非常受欢迎的女神。她对于地中海东岸的人民来说，就像是中世纪欧洲的圣母马利亚一样。她有自己的祭司、唱诗班，还有僧侣，而她组织的顶层就是顶级祭司，就像罗马教皇一样。在她的庙里每天都有日常的祭拜，穿白色长袍的祭司还会读一种类似弥撒的东西，他们就像今天的基督神父一样剃了光头。所以，罗马的主教相对来说比较容易建立自己的结构，模仿他最危险的敌人，埃及的女神伊西斯，她是非常顽固的对手，直到6世纪中期她的最后一个寺庙才被关闭。

这不是一本历史书，所以，我不能深入到罗马主教（最初有100个左右的主教，有些生活在更重要的城市之中）是如何取得在整个西方基督教的首领地位的令人惊讶的细节中。它的发展进程就如同罗马城市自己的发展一样。当我谈及此事的时候，我其实没有告诉你任何事情。因为虽然有成千上万的关于罗马历史的书（而且以后可能还会有成千上万本），我们还是会回到一些目前为止没有人成功解答过的问题：为什么这个籍籍无名的小河流旁边的不起眼的小村庄，一个文明世界的远郊后来会成为帝国的中心，而且渐渐成为整个西方文明的统治者？

曾经有各种猜测、猜想和想法，但没有一个能解答。经济学家们（现在主导着历史）指出，罗马发源于可以涉水而过的台伯河，位于北部和南部意大利半岛的主干道旁边，不可避免地发展成为一个重要的商业中心。这有什么关系呢？有很多从太古时期就处于这个交通便利的地方的村庄，但它们都没有得到发展。还有一些人声称罗马人的好战品质让他们具备了可以扩张到帝国的条件。其他好战的部落甚至是更好战的部落，同样勇敢地作战，也开始了同样多的冒险，杀戮了同样多的敌人，但却没能够完成任何大事。而就罗马人的情况来说，我们甚至不能假设他们更聪明，或者比其他的邻居更有移民性，因为他们并不是这样的。希腊人比他们聪明百倍，而在地中海最具战略地位的地方建立迦太基王国的腓尼基人——马赛和迦太基——对未来有更好的洞察力。

那么，是什么原因呢？我有个想法，但不是很受欢迎，我提出它是因为它很有价值。世界上有一种东西叫作天赋。我们不知道它长什么样子，就像电一样（同样，我们对于电的现象也知之甚少），但我们知道它是怎样运转的，因为那个我们可以看见。偶然的，之前从来没有显示出任何特殊才智的氏族中出现了这样的一个人或者家族，他在某个领域有特别出色的能力和特殊才智。巴赫出生了，这个世界因为很多继承他衣钵的音乐家而得益。目前为止，我们并没有集中很多注意力在那些有天赋的家庭的历史上。我们觉得投入太多注意力到那些杰出的人身上是不民主的，因为现

巴赫

在是平凡人的时代，而平凡人不能做到的，其他人也没有权利做到。同样，历史也证实了我的观点：现在仍然是杰出的个人主导着世界，如果他同正确的女人结合（这种事情很少发生），那么就会是在政治或者社会或者艺术或者科学的方面有持久且广袤的光芒。

我们不知道遗传之法是如何运转的——事实上，它们常常按照自己的方式来。但是，如果生活在世界上的我们每个人之间多多少少都有亲戚关系的话（或者非常紧密的联系），那么，生活在同一个小城镇或者村庄里的话，人们的关系就会更紧密，那个奇特的品质或者特征——随你怎么叫它——因为缺少更好的词汇，我们将它定义为"天赋"的东西就会变成那特定地方的特别之处。

对于那些公元前8世纪定居在拉丁姆平原的民族来说，这种天赋就是战斗的能力，还有一种明显的管理的才能。

这种战斗能力在5000年前的史前部落中十分普通（或者一样的意思，对于今天来说），但他们很少人知道怎样在不破坏臣服者的内在精神的情况下占领当地，否则，他们就不愿意联盟而是变成充满仇恨和不妥协的敌人。纳粹就是一个可怕的例子，如果一个民族的破坏性天赋没有建设性天赋弥补的话，会变成怎样。上帝知道，恺撒并不是天使。在他制伏日耳曼部落的时候，他像一个在波兰或者乌克兰肆意屠杀的纳粹将军一样残酷无情。但是，一旦他的整个惩罚到了尾声，最后的受害者都被埋葬之后，破坏的一章也就结束了，而建立新行省的新篇章展开了，他会留给这个行省很多高度组织化和管理畅通的有益的东西。而这种不会让被迫臣服于它的地区的人民痛苦的特殊统治才能，也会让当地人感觉到他们不再是自己命运的主人——这就是罗马人同世界上其他地方的征服民族不同的地方。因为当一个民族追求成为殖民强国的时候，只有军事力量是不够的。除非这些统治者是天生的心理学家，无意识地知道自己能做什么，不能做什么（有的时候在非常困难的环境下），否则，他们什么都得不到。

不幸的是，倒不如说幸运的是，这不是从书本上能学到的东西。好的书本能够帮助我们，就好像好的课本能让一个普通人成为一名称职的医生，虽然只有上帝才能成为治愈者。但我再一次迷失，我们仍然处于深邃的无知黑洞的迷宫之中。

历史的缪斯，作为女神，很喜欢用她自己制作的令人感兴趣的菜来招待我们，当我们很喜欢它们的口味，并问道："请问女士，你是怎么做的？你在里面放了什么，你放在烤箱里面多长时间？"她会开心地微笑，但就像一个好厨师一样，从来不会泄露她的秘密，而我们也不会变得比之前聪明。

所以，我现在能说的就是（把这留给我的孙子的孙子的孙子来反驳我吧），在萨宾山脚下某个特别的地方，诞生了一个有着非常出色的战斗和管理才能天赋的村庄，它在没有具体的世界征服计划的情况下，逐渐变成了古典世界的中心。而且罗马的管理才能被证明是如此强大，以至在它失去政治重要性之后它的体制还运作了很久。但是，我并不是说每个罗马人都是恺撒或者奥古斯丁，大部分罗马人看起来都很普通，就像在英国或者荷兰的白领一样工作。偶尔，他们也会变得不诚实，但总的来说，他们做了相当有效率的工作，虽然在某种程度上没有什么想象力可言。甚至在他们的杰出成果渐渐消失的时候，他们的古老精神仍然存在。因为模式已经设定好，一旦某种社会或者智力模式设定好之后，它就会不顾其他自己运转下去。

在这些模式中，我想到了我们自己的世界或者国家。无论我去哪里，我都会对当地人留在自然背景——不管是山或者平原或者人类村落上不可磨灭的最初痕迹印象深刻。当然，你得在之前就学习这些符号才能读懂他们，就像地质学家必须先对他的科学基础很了解才能告诉你岩层的形成过程。

只要你感兴趣，那种知识可以很容易了解，它也会减少你的麻烦。因为就算浅层的调查也会告诉你，你原以为有中世纪渊源的城市，实际上却更加历史悠久，它可能是从一个史前部落发展而来，但一个洛可可城镇反而会暴露出它不过是一个过度发展的中世纪村庄。

古老的罗马堡垒也是这样，不管被敌对势力侵占了多少次，或者不管它们曾经多少次被夷为平地，还是让你看到它们曾经非常活跃的迹象。这种情况也发生在已经上千年没有使用过的道路上。飞机对我们重建逝去的世界的事业帮助巨大，因为在高空地表的景象会出卖当地被遗忘久远的过去。那些我们称之为民族的仍然存活的组织也一样。他们在某些人类探索方面的最初才能，不管是管理外国领地、绘画、作曲，还是宗教思考，对他们的邻居造成了不断的威胁，厨艺、欺诈或者探索海洋这些才能在他们发展到顶峰之后的几百年后仍然会发光闪耀。

古老的罗马堡垒

当然，环境会发生变化，将这些最初的天赋逼向终结，就像一个地方很可能被地震或者洪水完全毁灭，从而变成另外完全不一样的样子。很有可能因为遭到野蛮人一次又一次的入侵，这些野蛮人包括来自北部的日耳曼部落，来自东部的撒拉森人，还有高加索人，最后希腊人的血统被冲淡了，希腊人实际上也就不存在了。意大利半岛也受到非常多的外族征服——它曾经受到一群又一群人的连续劫掠，哥特人、汪达尔人、伦巴第人、阿拉美人、诺斯人、法兰克人、西班牙人还有中世纪日耳曼人——之后古老的血统消失了，除了名字之外，什么都没有留下来。

这种情况下，我们不能预测什么将发生，因为甚至连最初的语言都可能会被另外的语言代替而消失，就像保加利亚一样。但是，除非发生严重干扰国家正常发展的事情，它还是会根据古老的模式延续令人惊讶的相当长的时间，我们可以从罗马这座城市中观察到这点。在不再是世界统治的中心后，它变成了之前辉煌的遗迹，变成了那些生病的、破烂的男男女女的贫民窟，而不是之前帝国时期体面的居民的城市。它还是能够作为之前领地的精神领袖而继续的，而且之前都非常希望能为国家服务的罗马年轻人，现在都指望能为基督奉献一生。

第一次世界大战之后，德国和奥地利有着相同的发展轨迹。那些古老贵族的孩子们都期待能有机会进入军队或者行政部门。他们一直都非常擅长此类工作，但军队和行政部门都不存在了。他们都是适合做例行公事的人，都具备政府机构的谨慎仔细工作的天赋。他们放弃了穿上军队制服的美梦，成为普通的生意人，进入到法尔辛迪加或者煤矿卡特尔或者克拉普先生的钢铁厂或者香槟厂工作，而不是穿着马刺作为文职人员在政府部门工作。到了晚上他们穿上盛装，出没于那些可以从白天的辛劳中放松的酒吧里。

好，到这里你大概知道罗马早期的基督教了。因为基督教是唯一可以提供给那些精力充沛的聪明年轻小伙儿行使他们已经"习惯的"（就是现代心理学说的那个）职责的机会，所以，他们进入了基督教。

当然，还有一些人被更高的动机驱使——他们听到了召唤并服从于它。但是，基层人员——他们无疑也是基督徒，本质上也有非常实际的想法。他们选择牧师的职业，因为它提供了唯一一个可以行使职责的机会，就像罗马的贵族在1000多年来一直行使的那样。

这是相当长的一段离题，但我对那些在不同的时间经常讨论的话题，总是很渴望分享我的观点，这是我的机会。因此，我向读者道歉（当然，你们可能也会感兴趣），我回到努尔西亚的圣贝尼迪克特上，他给了我一个借口来继续探讨这个奇特的问题，那就是为什么罗马会这么容易、自然地成为基督教的中心，他（虽然也不是有意的）对我自己这部分世界的早期历史产生了深远的影响。

圣贝尼迪克特注意到了修道院热潮的增长，作

尚未竣工的中世纪教堂

为一个思想理智的罗马市民，他不可能喜欢他所见到的。除非将这种隐居和禁欲主义的生活同信徒的骚乱和杂乱无序隔开，否则根本不会有任何结果。它必须由一位精力旺盛的领导接手，必须重组罗马帝国非常有效的模式，否则就会导致过度的放肆，这种情况就会对基督教产生坏的影响而不是好的。

所以，新的规定制定了，以规范那些想逃离我们动荡的世界，将灵魂置于静默之中，余生都准备隐居的人。圣贝尼迪克特选择了更加艰难的道路。因为对周围的世界感到厌恶，他跑到了阿布鲁齐的荒地，在尼禄的某个老维拉中（罗马人的房子），他找到一个舒服的洞穴。

其他在附近的隐士们请求他将他们组织成一个隐士团体，并担任首领。他接受了，但是，当他试图给这群混杂的虔诚人施加一点惩罚的时候，他们囚禁了他。这也很清楚地表明，在6世纪初修道士是由什么样的人集合而成的。他回到了自己的洞穴，但他的同伴们又请求他领导他们，这次他定下了他们行为的确切规定，这一次很有效。12个小修道院建立起来了。当地的竞争者强迫他放弃阿布鲁齐的住所时，他退到了位于罗马和那不勒斯之间的陡峭的山上。在卡西诺的山上，他给自己建了一个家，这里很快成为整个西方世界修道院运动的中心。

在接下来的700年间，很多修道院规则建立起来，他们在细节上有很多的不同，但是，圣贝尼迪克特成功地为这种工作建立了一个基本的提纲，随后的组织也就遵循了卡西诺山的经验模式。

圣贝尼迪克特推行了一项对所有的修道士的很明智但也很严厉的纪律——一项包括严格的脑力和体力要求的纪律。要么放弃，要么就坚持到底。精神的自我沉溺是不被宽容的。没洗干净的身体的气味不被认为是虔诚的保证，这是不被赞许的。

中世纪以极差的居住条件、未洗澡的身体为标志，而且那是缺乏安全感的时代，人们被迫聚集在没有任何公共卫生管理的脏乱的城市街道上，这让人们很难见到罗马人和希腊人的明显特征——个人清洁。

而且教会反对举办各种身体锻炼（因为对身体的自豪是与对灵魂的蔑视相联系的），这让运动彻底消失。

这种态度可能也受到3、4世纪的基督徒们对运动场、竞技场还有环形广场(这些都是古代城市建筑规划的一部分)的厌恶的影响。不久之前，罗马人还把他们放进竞技场同野兽角斗，就像现代西班牙人聚到一起看一个公牛是如何被折磨一样，罗马人从观看一个基督徒的男人或者女人或者小孩儿就像人肉饼一样被焚烧或者丢给野兽中得到巨大的快乐。所以，2、3世纪的人们看来，运动是与残酷定义在一起的。人们不能责备那些讨厌运动的父辈们，因为这提醒了他们基督徒的灾难和羞辱历史。我们中世纪的祖先很少注意卫生保健，而这在今天非常受重视。城市就是巨大的垃圾场，也是各种各样的细菌的温床。

然而，修道士们比当时的市民社会要超前。他们保持某种类似公共清洁的东西，结果是逃过了那些就像森林之火一样迅速横扫欧洲的很多流行性疾病，那些疾病杀死了人口的三分之一甚至二分之一。这些让我彻底改变了年轻时的观点，因为我在加尔文教派的环境下长大，修道士在我看来不过是社会寄生虫或者游手好闲的人。无疑在很多年之后他们确实变成了那样，但最初的时候他担当了很重要的任务。如果说最早的传教士（他们得到了所有的荣耀和神圣的光环）是突击未开化的北欧的基督徒先头部队和空降兵的话，那么（继续这种非常先进的隐喻），修道士就是必须行进和断后的步兵；他们是修建道路和桥梁的工程师；他们是在已成为废墟的村庄和城镇中心建立市民政府的部队，他们必须生活在脏乱的条件之下，充满了永无止境地枯燥和例行公事，而先头部队却在前进，并得到掌声、鲜花和钱财，还有女人。

这真是很长的一章，我游离到了很远，但如果我不只是想要知道我是谁，还有为什么我会变成现在这样，我就必须深入到那些产生重要影响的年代中去，我的祖先的生活和思考方式产生变化的时期。这发生在7、8世纪，他们遇到新的生活哲学和新的生活习惯，成为新帝国的一员——基督教思想的帝国。

几个世纪以后，修道士不再是基督带给我们爱和人道消息的活证，修道院制度已经成为公共财产枯竭的源头，因为它不会再给他们提供床和伙食，在很多国家这成为宗教改革的显著内容，这些地方是如此让人们讨厌以至很多都消失了，甚至早期基督徒在清除异教徒的寺庙的时候都没有这么彻底。那些可以转变成新教祈祷的房子的教堂存活下来了，虽然它们已经洗尽了之前的奢华，暴露在众人眼前。我了解这些是因为直到12或13岁之前，我从来没有见过修女或者修道士，当时我第一次沿着莱茵河向下游旅行，我怀疑它们就是宗教法庭关押荷兰老女士的地方，这些女士在读荷兰语译本的《圣经》时被抓了。

我发现地图上的很多城市和村庄都背离了他们的修道院根源，我也知道我们住在一些有修道传统的遗迹中。但直到最近20年，在罗马天主教复苏的时候，修道院才又回到低地国家，而在美国的东部，罗马天主教正在购买最好的房产，并且大胆甚至狂妄地追求他们没有获得资格的地方上的优势——至少是数量上的。在19世纪80年代，那还没有实现。据我所知，荷兰王国并没有跟随瑞士的脚步，瑞士在1848年开始就将所有的修道院禁止了，耶稣会士——他们标准下的耶稣会士——都不能在公众场合出现，而且只允许短期旅行。荷兰如果遵循瑞士的办法的话，会省去很多麻烦，一旦教权主义变成政治问题（如果让6个耶稣会士以好斗的老堂伊格纳西奥的名义在一起5分钟的话，那么你就会在6分钟之内就面临教权主义问题），国家就永无安定和谐了。

但是，现在太迟了，除非恐怖的纳粹占领改变一切，我才可以看到未来的一点希望。教会给那些具有巨大野心的年轻人很多机会，让他们成为中下阶层的杰出人才，而这方面的未来是很光明的，因为自由主义者在上世纪中期已经绝种了，他们的漠然的继承者们又沉溺于平等权利这样的谎言中，他们愿意把国家放弃给那些能在选举中获得多数席位的其他政党。

平等权利仍然是个很好的理想，但在某种程度上，或许它只能在某些限制的条件下才能实现。当然，现代瑞士在希特勒肆虐之前跟很多其他国家一样，是一个先进而且管理很好的国家。你可以根据自己的喜好思考和行动，但作为思想清醒的现实主义者，他们知道，当你将平等权利分配给那些麻烦制造者的时候，这个社会、智力和精神自由的国家就走到头了。瑞士的教权主义者特别是耶稣会士，在人们给他们完全的行动自由之前就成为麻烦制造者。在19世纪的40年代早期，卢塞恩地区曾经招来一些耶稣会士在小学教书。1843年，一些天主教省市秘密地建立了他们自己的分离主义联盟——可以说是个国中之国，而且无疑是在耶稣会的控制之下。瑞士议会认为该组织的建立是违反宪法的，并勒令其解散。联盟拒绝执行，他们向奥地利总理和欧洲反动的领袖梅特涅以及基佐求助。基佐之前已经放弃传统的自由主义原则（他是历史学家出身），成为越来越保守的路易斯·菲利普国王政策的拥护者。帕麦斯顿勋爵宣布他将支持议会，但英格兰自守其身，因为它不想因为一些除了知道它们是很好的避暑地、有整洁

　　瑞士共和国为了保护国内的安定和谐，反对任何教权主义侵犯。自那以后，联邦政府开始谨慎地执行这项规定：只有那些愿意在这个规定下行事的人，才能获得行动上的自由和平等。

的卧房和态度非常诚实的旅店店主之外一无所知的瑞士地区冒卷入欧洲战争的危险。

但是，这个问题被快速解决了，像现在高效率的军队动员一样。有个叫作杜福尔的将军，他的双亲来自加尔文派的日内瓦公国（瑞士唯一还坚持称自己为公国的行政区）——他曾经是拿破仑大帝的老炮兵，拿破仑三世在瑞士流放期间的教师，后来成为1864年的国际会议（日内瓦会议）的主要负责人，这个会议成立了红十字会——快速解决了分离主义联盟，在他的调停之下，避免了一场国内战争的爆发。新联邦宪法非常依赖美利坚合众国宪法，控制立法机关的开明人士规定了个人自由的最高限度，以一切可能的措施来预防类似1843年的糟糕事件的再发生，并让任何分离组织联盟没有重建的可能。

但是，1874年的新联邦宪法中还是能够发现，瑞士人因为担心更多的教权干涉，他们在联邦宪法中制定了更加深思熟虑的条款。它重新申明，瑞士共和国为了保护国内的安定和谐，反对任何教权主义侵犯。自那以后，联邦政府开始谨慎地执行这项规定：只有那些愿意在这个规定下行事的人，才能获得行动上的自由和平等。

荷兰王国没有采取这些预备措施，而过去几百年的政治争吵，还有教会试图重新获得以前的权利和特权的手段（我只能克制自己不再说那么多），并不引人入胜。但凡此种种（我在第二卷里面肯定会涉及更多）并没有改变这个事实，那就是早期基督教，在它还是优秀新理想的代表的时候，比起其他力量来，它带给我1000年前处于文明空白期的祖先更多的东西。

粗略来说，在8世纪和9世纪，那些愚蠢的异教徒接受了新的上帝（可能某些人还是决定献身于沃坦），也不再屠杀落到他们手中的传教士——然后，他们很快意识到这是个很好的转折。

最初，修道士的禁欲主义和他们生活上的极度节俭对于北方的人们来说并没有感染力，但这种生活方式同普通意大利人非常协调，甚至今天99%的意大利人每天需要的只比一个修道士多一点点——一点面包、一点洋葱、一点大蒜、一点点肉，还有一点点淡酒。教会是个非常实际的机构，当它意识到这一点，除了这些野蛮人不能大吃大喝的节日之外，还有提示饮酒过度跟真正的基督教的生活方式不相符之外，很少干涉饮食。我们观察到，如果一个政权不过多地干涉其饮食习惯的话，这个民族的选择会是怎样的，而当被力劝要更注意健康的时候，反抗是怎样起来的（托马斯·杰斐逊先生就开始过这样一个失败的斗争，他在弗吉尼亚的阿尔巴马尔花费了很多时间劝说他的市民，不要过度饮用威士忌，而是适当饮红酒，并劝说他们不要一直都用煎锅，教他们用烤架）。

其他还有什么好处呢？对于1944年的我们来说，很难理解那些我们称之为"文明"的国家，其状况是那么地原始，当然是在希特勒的"新政策"来临之前。

下面是我在写这篇文章的时候所想到的小例子。

修道士让人们有了使用历法的概念。古代日耳曼人知道了白天和晚上的差别，对四季的一般规律也进行了观察。那是距离钟表发明之前很久远的时代，而那些你的洗衣店老板或者裁缝赠送给你的印刷好的日历还没有出现。那些乐于助人的修道士在他们的塔上挂上钟，提醒那些从远处听到钟声的当地人：是该起来做早祷告的时候了；是该去工作的时候了；是该进行晚祷告的时候了；是该做弥撒的时候了；是时候该做这件事情那件事情了。同样，定下来年复活节的时间的必要性让人们知道，还有像星相学和数学这样的科学，如果不是这些科学的帮助的话，人们很难知道在春分满月之后的星期天是什么时候（除非星期天是满月，这样的情况下复活节就是一个星期以后）。

说到这个节日，我的早期祖先将它同春日之神联系在一起，我仍然是个没有宗教信仰的人。我觉得那是一年中最好的季节，尽管我不去教堂。早期的基督徒将这个节日定义为他们上帝受难和复活的日子，然后用一周的悲伤的表情和服装来纪念它，这对我并没有产生大的影响。这个节日一般在3月22日和4月25日之间到来，让我觉得不合理。但我记得这个安排是在325年的尼西亚会议上决定的，这个会议做的每一件事情都根据一条教规，这条教规对奥地利帝国的荣耀作出很大贡献——那就是："如果一件事情我们能用非常复杂的形式完成，为什么要把它简单化呢？"因为中世纪早期的人有很多空闲时间，他们从不思考这件事情，而是开心又心甘情愿地根据那个新主人给他们安排的日历生活。

然而，这是个很大的进步，因为他们发现这个日历已经变得全球化而不是单纯的当地事物。

但是，在他们接受了新的上帝之后，他们的日常生活方面还是有很多的进步的，这也让他们感觉到时间的流逝。我之前就已经提到过北欧征服者讲求实际的方面，征服北欧的这些人，至少是最初的一批，是从那些更高度文明地区的人中专门招募的，而不是那些深入到蛮荒之地的人。更先进的农业方法被介绍进来，其结果是马上有了更好的谷物和品种更好的牛，也让当地人远离了之前一直困扰的饥饿威胁。住房条件还是没有进步。那个时候，我的祖先还生活在跟猪牛同居一室的小茅屋内，说到这个问题，直到我年少的时候，这个国家的有些地方还有人这样居住。为什么不？他们已经意识到，这种动物和人类的亲密接近不会有助于形成干净的环境，这也是我们现代社会定义为"高度卫生"标准的主要指标。但当你向他们解释这个问题的时候（就像我有的时候会这样尝试），他们会回答："好吧，我们知道很多人冻死，但从没有人臭死，我们为什么要担心？"

我很怀疑，在这些修道士到来的至少几百年后，他们是否能够在当地无知的人中有什么进展。中世纪早期（还有后期）的人们一直认为，读写能力对一位绅士来说不是必需的。纵观历史我们能够发现，有些事物被认为是"时尚的"，然而实际上却未流行。

一个中世纪的国王在官方宴会上会向他的宾客劝食，他会热忱地鼓励客人说："请尽量吃这个鸡肉。它非常好吃又多油！"这在现代被认为是中产阶级非常粗俗的表达方式。法王路易十四可以在朝臣的热烈赞美中表演芭蕾，但如果美国总统在俄罗斯芭蕾中插上一脚的话，很难保证他不会失去重新获选的机会。他可以跟他的密友玩纸牌，也可以跟他的东屋伙计们唱四重唱，除了那些很严格的宗教民众，不会有人因此生气，因为这只表示他是个心思简单的民主人士，他并不认为他比其他的人出色得多。

中世纪被这样一种信条支配，那就是书写是具有某种魔力的，所以应该把书写留给那些神职人员，这些人已经学会如何抵御那些藏在神秘符号之中的魔鬼。当我在给联合出版社报告1905年俄罗斯革命的时候，我看到了一些情况，一些农民把他们标记了要抢劫烧掉的房子里面找到的书都淹掉了。因为他们对那些印刷的书卷有深刻的憎恨。通过在那些书本里面得到的知识，他们之前的主人变得比他们高一阶层，在几百年的时间内将所有的农民困在他们的土地上。然后，魔咒应该会被打破，农民就跟贵族平等了。

类似这样的观点曾经在整个中世纪流行，唯一能够保护具有读写能力的地方就是修道院。很可惜，很多修道士并不好学。他们中较聪明的总是抱怨那些愚蠢的同事。尽管如此，在文字方面他们仍然比每个骑士要好上千倍，我们应该感激他们保留了学问的表面，那个时代普通的门外汉对于一本亚里士多德的《论灵魂》的轻视就像现在的纳粹粗人对一本12世纪的《塔木德》珍本一样。

但是，在比我们想象中更加实用和脚踏实地的中世纪，人们发现了解这些书写文字在某些方面很有实用性。它可以用来记录生产、结婚和死亡日期。最后，遗嘱和证明在现代成为档案（小心地归档在修道院院长的铁橱内）而不是口头协议。一个变得越来越农业化的地方的人们需要一个系统，通过这个系统他们可以知道财产的归属，而不会同邻居混淆。

但是，除了这些纯实用的意图之外，新的神职人员（因为很多修道士也是授权的牧师）介绍了正确的生活方式和非常重要的新思想。很多新思想流传了很多世纪，而我自己的生活哲学也受到他们的影响——虽然可能是不自觉的。

当这些占领了空地的流浪者最终定居在北欧的平原和山川的时候，他们变得跟100年前的美国先驱者一样。他们带来的神灵只能通过理查德·瓦格纳的歌剧为我们所知。但瓦格纳生活在一个气灯装饰的室闷环境中，穿着由丝绸和天鹅绒做成的晨衣谱写了他最激烈的音乐，成功地将中产阶级的自满自得注入到他的瓦尔哈拉之中。他的沃坦、布伦希尔德、西格弗里德和赛格林德保留了德国的男低音、男高音和女高音，你总是会觉得在表演结束之后他们会马上到附近（而且并不是最好的）的旅馆去，分享一个酸"哈林"，之后他们会到施米尔兹夫人的简洁的供膳寄宿处休息，第二天煮水煮蛋当早餐（第二个需要支付额外的一芬尼）。

在法国普鲁士战争光荣胜利的推动之下，很多德国"作家"（因为种种原因我很讨厌这个德国词）创办了一些学校，以描绘那些死去的英雄，就好像他们曾经是那么多普鲁士军团的指挥官一样，朝着凡尔赛宫蹒跚前进，公正会降临，而拿破仑的战无不胜的神话最后会消除。

我在年轻的时候看过那些书，因为那是除了《三个火枪手》（人们认为对于年轻人来说那本书有点太淫荡）、沃尔特·斯科特先生的书（除了《伊万比》之外，其他的书开头都非常沉重）、儒勒·凡尔纳的书（他的作品很安全，但是对我们平静的荷兰想象力来说过于激烈）之外人们能找到的书。

我从不喜欢我祖先的神灵，觉得他们就像我父亲偶尔带回家吃晚饭的德国商人一样令人厌恶，他们总是带着威士忌和啤酒的味道。因为这些早期的影响，我一直不能理解这些神灵对于那些崇拜他们的人来说意味着什么。在理解希腊神灵上，我就没有经历这些困难。我很容易接受把世界理解成由一些不被看见的神所围绕，但他们的存在就像是那些生活在我们车库下两年的土拨鼠一样真实，而且它是受欢迎的客人，虽然偶尔它那无法满足的胃口会让它把某些应该留下的东西吃掉。

我确切地知道山林之神帕恩很久之前就离开了阿卡迪亚，去了康涅狄格州，而且他每个春天都会花一些时间在那些温泉里泡澡，这些温泉据说位于很受欢迎的托德斯帕因特荒野中不可到达的地方，它就在我家房子的外面，在格林尼治湾的另外一边。事实上，我反对将托德斯帕因特变成公众娱乐场所，主要原因就是知道帕恩会搬到更远的内陆去。这些希腊神灵

▲　希腊传说

是很挑剔的，就像我一样尽量地远离人群。但如果他们知道你尊重他们的隐私的话，他们就会变成非常和蔼可亲、惹人喜爱的熟人。一点点花和为感谢他们的出现的礼物会让他们给予你所有的小服务——当曼哥游荡到很远的时候，把他带回家，在干旱的时候让你的花园非常新鲜，当吉米把一只臭鼬当成"可爱的小猫"，并试图把它抱回家的时候把它弄开。有的时候在深夜月光非常明亮的时候，他们会带女朋友们来游泳，如果你自重的话，你还可能会看到一些美丽景象，让你希望自己活在2500年前，那个时候的人可以有机会成为那些邪恶的神中的一员。

但是，我从来没有在哪个瞬间渴望过要在我们的北日耳曼神灵的黑暗住处度过哪怕是一个下午，这些欢乐的人把他们聚会的地方叫作杀戮之厅。对人们来说，它跟慕尼黑啤酒厅几乎没有相似之处，希特勒和他的同伴在掌握大权之前在这里痛饮他们的啤酒（用搜刮来的钱），并制订了沃坦以及他的卫道士的光荣回归计划。

通过观察纳粹分子（他们是跟最初的条顿野蛮人最接近的人）不论在社会方面还是饮酒方面的表现，通过对于这种低于人类的野性物种的研究，我得出一个十分遗憾的结论，那就是错误的人赢得了条顿堡林山战役的胜利。这些过去的武士处处显示出他们肃穆的美丽时刻，这也是我在瓦格纳的音乐中能够听到的，他在音乐中表达自我的时候抓住了日耳曼精神（这些都是我猜的，可能我完全错了），但是，当他要用纯粹的文字的时候他却做不到了。总的来说，当我的祖先最初流浪到这个后来成为他们永久之家的沼泽地时，他们的世界是可怕的。我也不应该惊讶于这些野蛮人放弃他们的旧信仰、传统、行为还有习惯，而成为相对文明的人。

09 地狱之火以及它为什么会燃烧

是什么让我变成现在这样？我们不妨分为两个步骤来说明这个问题。

第一个步骤发生在冰川期，当时的人类面临这样的选择，要么在非常短的时间内学会很多东西，要么就是毁灭。因为选择了学习，在偶然因素的推动下获得了更多的新信息并存活下来。第二个步骤就是在一万年后，有人向我的祖先传播了这样一种生活哲学，它同旧丛林法则相违背，坚持说每个人都是另外一个人的兄弟，应该把别人当成朋友而不是敌人。我之前已经说过异教徒转变到基督教应该看成是一个实用性的事件——基本上是个需求的事件——而不是对于更加道德的生活方式的强烈追求。但它们是副产品，而且发展如此缓慢以致在今天都没有超越最初。尽管如此，从无宗教变成基督徒也是非常重要的进步，可能是我们这个地球上最重要的进步。

在1944年来谈论这个很困难，特别是在可能是现代最开明的国家突然变成一个连洞穴人都会觉得非常羞耻的野蛮国家的时候。但纳粹只不过是干扰了我们文明的正常发展，就像我们可能会生病或者有时会失去意识，而且推迟很多年，直到他能够再次继续他之前负责的工作。

在基督以前的时期和基督以后的时期有个如此不一样的地方，差异大到甚至不能相互比较。然而，在很多方面这种改变是不起眼的。暴力和贪婪还是跟之前一样在人们的生活中扮演主要角色。甚至教会的行为也很残酷，这在我们看来非常憎恶，但同样还有差异，如果我们将这种差异从时代的角度考虑的话，就会发现是朝着好的方向前进的。在古代社会，曾经有过非常杰出的人发现，在他们的思想或者灵魂或者不管他们希望怎么称呼的东西里面，存在着某种意识，他们同时也认为每个人都被赋予了这种意识，每个人都应该尽最大的努力发展它，让它成为他的言行的指导。

但是，苏格拉底在他的时代没有机会反对公众意志，雅典的民主杀死了他，就像在几个世纪之后，耶路撒冷的神权统治杀死了耶稣。曾经有个最周全考虑的哲学思想，教导我们应该让那个静止的、小小的内心的声音成为我们自己的导师，然后告诉我们每个承担的行为应该如何行动（有的时候甚至是不要做什么）。他们就像是中世纪最早的罗盘，只有很少一部分的人能拥有它，而更少的人知道怎样成功驾驭它。其他人继续朝老路线走，他们中的大部分人都遇难了。

因为普通大众没有这种哲学体系所需要的一定程度的敏感的情感，所以，他们无法遵循，而且在我们继续只求量不求质的情况下可能永远都到达不了。

人们可能认为苏格拉底因为意识的原因受难（抛开复杂的政治状况）。从那以后，有纯粹的思想和理想的人都遭受到同样的命运。因为普通人需要具体的东西，他们在感受到它的存在之前，必须能看到、听到还有具体的感觉到。这就是中世纪早期的基督教传教士能够战胜那些希腊罗马时期的哲学体系的宣讲者的原因。作为个人来说，这些向我的祖先传播基督教信仰的路德们、威尼弗雷德们、威利布罗德们和埃利吉斯们肯定没有苏格拉底们、伊壁鸠鲁们、芝诺们和德谟克里特们优秀。他们在学识方面，在对周围物质世界的理解方面，还有对于每个跟人类有关的勇敢的好奇心方面都欠缺。从道德的观念上来看，这些不信教的哲学家们生活的水准是跟过去2000年的基督

康德的绝对祈使句可以跟《登山宝训》一样成为令人满意的生活准则。

徒们一样高的。如果他们在教导方面成功了的话，那么，我们应该会有一个更好的世界，因为他们对会死去的身体跟不死的灵魂是一样尊敬的。但他们从没有希望吸引多数的追随者，因为他们的谈话和教导对于一般的普通男女来说实在是无法领悟。可能把他们说成"灵魂的艺术家"是最好的方式，而一个普通的工匠，比如说耶稣木匠却能找到教导普通群众的方法。

康德的绝对祈使句可以跟《登山宝训》一样成为令人满意的生活准则，但是，康德是生活在普鲁士一个偏远小镇上的形而上学、机械学、物理地理学、逻辑学和矿物学教授，他因为写了一本开头就有36页长（根据我的记忆）、动词紧接着最后的词的句子而闻名。他生活得很有尊严，他从来不出现在公众的面前，除非他的假发上了适宜的粉，穿戴了正确的领带——他是个非常爱他的同伴的友好的人。他的私人生活（除了他对咖啡的狂热喜爱）如圣徒一样纯净，所有他写或者说的东西只有一个目的——让这个上帝聚集了各种各样的造物生活的世界更加快乐和明智。但是，康德从来没有希望得

127

到屠夫、面包师、烛台制作者等人的理解，他们会在教授例行散步的时候摘下帽子致敬，科尼斯堡的人们根据他散步的时间来设定他们的钟。他的理论超出群众的理解能力，最后只变成一种绝对的原则。

古代世界曾经有过很多康德，他们将人类人性化了，所以，应该将所有的荣耀和赞扬都给他们。但他们的精神产品只能成为现在的广告机构称为"高端产品"的东西。他们并不适合一般的群众消费，而且缺少一种"我们与你同在"的感染力，这却是一个制造商（不管他是销售熟花生或者概念）想要获得最多的顾客必不可少的。

但是，看看那些年轻的弗里斯兰人、法兰克人和撒克逊人，他们在经过了南方修道院几十年的训练之后，被送回他们北方蛮荒的故乡，去向他们的父老乡亲传播"福音"。他们对于之前的邻居并没有很疏远。像附近的古代人一样，他们非常简单，对于他们注意到的任何事物的反应都几乎是孩童式的。

他们对于复杂事物没有兴趣，那只会让他们觉得恼怒和心烦意乱，而且当同某些他们本能觉得比较高级的秩序接触时，他们就会感到自己的低级。他们会躲开《哈姆雷特》的表演，但是，如果有他们更能理解的"庞奇和朱迪"（一种表演方式），他们就会一次又一次回来，虽然可能还是同一个表演，死神（死神看起来越恐怖他们越喜欢）每次都能抓住朱迪，而庞奇每次都是在关键的时刻出现，用那根粗得看起来很像绞刑架上的架子的棍子解决死神。

我了解自己说的是什么。我在十几岁的时候也是"庞奇和朱迪"的追随者，我们总是对那个不敢改动文本上一个词的教授号叫，那个文本从遥远的中世纪早期一直流传下来的。

我是不是太过沉浸于这种庄严和荒唐的残酷混合中了？并不是的。这两方面在很多地方都很有关联，我们越年轻就越了解。这些人还是非常非常不成熟。事实上，是如此的不成熟以致他们还相信神话故事，还有什么故事比一个母亲和她孩子的故事更可爱呢？——那个母亲对于等待着她的残酷命运完全不知，丝毫不知她生了上帝之子，而且某天她会分享这份荣光成为世界的统治者。

但是，其他的宗教也给过这些愚蠢的不信教者一些精神感染，但我不认为这就是我们8世纪的祖先被说服接受基督教（作为最适合他们的需求的信仰）的原因。他们生活在严酷的现实世界里，而那些在旁边劝说他们的人也并不是理想主义者。

他们是坚持实用效果的有实际经验的人，而且必然得到他们的理论。有些理论被我们抛在脑后如此之久，以致我们现在不记得了，或者每当它们的存在被提醒的时候，我们总是无法理解它们怎样影响最初听到的人。

基督的仁爱我之前已经讲过了，而这种人类之间的亲密感觉是怎样吸引古罗马帝国的茫茫大众的。在北方的日耳曼国家，奴隶并不重要。这里有奴隶、农奴和各种各样属于这个阶层的人，既没有完全的自由，也是不完全的奴隶。但是，在纯农业社会，没有特别富裕的人，也没有特别穷困的人，同古代罗马商业王国不同，在那里，要么是百万富翁，要么是绝望的贫民，贫民们生活在城市市郊的肮脏的第八层公寓里。

还有另外一个感染力。我已经提示过，我现在会更详细地讲。日耳曼种族的人们已经习惯于受一个首领统治，他一直都被一群长老议员包围，他能保持的最高职位是通过不断说服部落的其他成员他最适合这个位置——他适合领导他们战斗，在和平时期统治他们。在这方面，基督教的上帝跟老沃坦很像。实际上他也是一个强大的首领，而那些围绕在他身边的圣徒就是长老院。然后，是他的圣子，也是这个宗教王国的新主旨。因为圣子没有像其他神灵一样被杀，而是在死后三天复活了，复活后同之前的朋友居住了相当长的时间，以便于他们可以说服自己圣子确实从死亡中重生了，而他之前承诺说他会回来并不是谎言。某天——这成为那些向大众讲述关于耶稣故事的人的重要支持——上帝会回来，然后对活着的和死去的人进行审判。我们知道（不是猜测或者设想，而是知道），耶稣在近期未来的某个确切时间会回到地球，他会在审判的最高台，叫出包括存活在这个世界上仅几个小时的人在内的名单上的所有人，仔细地检查写在每个人名下的事件，然后发出他对每个人的判决，要么在天堂享受无止境的极乐，要么在地狱遭受永恒的痛苦，这对于那些思维简单的人们来说意义重大。

地狱对我们来说意义并不是那么重要。当然，我知道，在说这句话的时候我指的是自己以及那些跟我在一起生活很长时间的人，还有上百万的人们相信存在这么一个地方，他们认为，但丁先生写的书是关于地狱的十分正确的向导书。但是，现在不相信的人成了主体，而相信的人成了相对的少数派，他们相互之间联系紧密，并不对我们造成什么影响，只不过在听到他们说相信巫师和女巫的时候微微一笑。

这可能就是我们很难理解中世纪的原因之一。那个时候的每个人（甚至是顽固的不信教者弗雷德里克二世皇帝，他的坟墓最近被西西里岛同盟国炸开了）都知道这两个称作天堂和地狱的地方是实际存在的。耶稣降生于一个空中漂浮的小小的平盘子里，上面被蓝色天空的苍穹掩盖，所以，存在一个充满和平、幸福和满足的天堂，那里没有贫穷和富裕，没有疾病和死亡，只有永久的光辉，阿门。

在我的脑中，上帝保留着中世纪的样子——一个非常和蔼睿智的老绅士，一个我偶尔可以讨论我的小问题的慈祥老爷子。我常常请求上帝，让他告诉我那些伟人如查理曼大帝和奥托大帝的思想是什么样子的——那些距离遥远的不可思议的伟人对于他们生活的世界是如何看待的——他们对于妇女和儿童有什么想法。我如果能够真的找到答案的话，我可能就会成为有史以来最伟大的历史学家，从我10岁开始（甚至更早前）我就想成为一名著名的历史学家。

但是，每当我触及这个话题，他就会一笑而过。而你可以在我前面提到的小故事中发现：上帝确实有着天堂里或者说人间最慈祥最和蔼的笑容。然后，他可能会说："孩子，我给了你自由的意愿和非常好的头脑（虽然你本来可以更好地利用它），你应该自己找出这些答案。如果你知道所有的答案的话，那我自己也变成多余的了，而且我没有任何辞职的意图——至少在最近的永恒内。"

这足以解释在那个混乱嘈杂的时代，为何文学如此微弱，因为当时每个城市——每个档案馆——每一百年就会至少被烧数次。自然地，我不应该浪费我的烛光在这个黑暗的课题上，因为我自己的蜡烛，在我进入那个保存着对我们这些绝望的人们来说非常神秘的东西的储藏室的时候，烧得很快。如果我想要清楚地知道基督教的什么胜利让我们成为今天的我们的话，我就需要那些对我的祖先非常细致的描写——差不多需要30代。

如果我在这个课题上面不是如此无知的话，那么，我可以做更多的工作，或者我可以在以后的十几年找出答案，唉！那就会太晚了。

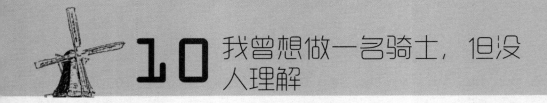

10 我曾想做一名骑士，但没人理解

当我11岁的时候，我非常意外地拥有了一块土地，虽然很小，但还是一块土地。

在我们从鹿特丹搬到海牙不久之前，获得了一个花园——我生命中第一座花园，因为鹿特丹老区的大部分房子都没有后花园。我现在还记得我们花园的尺寸。它有7米宽、35米长——大概23英尺×114英尺。在远处，它的一条小道将我们同罗马天主教墓地分开，那里的高树上的夜莺歌声非常动听，我有了个人财产。它大概有23英尺×50英尺，它的三分之一被一个木房子所占据，之前的主人肯定把它当作工具房或存储室——我不知道究竟是哪个。但是，没有关系。我现在有了自己的房子和土地。当你只有10岁的时候这意义很大，因为你会被那些没有任何土地和房子的邻居小男孩们嫉妒的，而且他们确实没有。

最初，别人建议我应该把我的土地变成一般的花园。在我的父母将他们自己的部分弄好之后，有一些草皮剩下了。之前的房客留给我们一个杂乱的荒地，工人将这里变得条条有理，而这些草就被排成一圈，我本应该自己拿出20分（而我每周的零用钱是荷兰的5分）来买花种子。

这个主意对我来说毫无诱惑力。50年前的花种子并不像今天的看起来那么诱人。现在的种子都用一个上面画着最终成品的信封装着，画上有着非常有特色和华丽的颜色，没有一个孩子能够抗拒。我小时候，人们走进一家种子店，按重量买回一个长得很奇怪的东西（如果我记得没错的话，菠菜种子看起来最奇怪），而卖种子的人，总是看起来有点灰灰的，戴着有钢边的眼镜，用天平秤称重量。整个交易过程非常平淡，完全没有我的孙子经历的那些神奇的事情，当他们来到老格林尼治湖边的杂货铺，然后站在用美丽的花装饰的种子柜台边，而在战前，种子柜台就在雪茄和香烟以及各种各样的进口法国香水的柜台中间的空白处。

而且，我也知道这些种子从篮子的泥土里面冒出来要很久的时间，因为我曾经有过在海绵盒子里种豆豆的不好的回忆（我当时属于探索时期，并没有打算认真做），所以，建造一个普通花园的主意对我来说没有任何吸引力。某天早上我很早醒来，然后移开了花园工人放在我的地上的草皮，当其他家庭成员醒来的时候只好接受这个既定事实。他们的园艺实验失败了。我在那方面确实没有天分或者爱好。

但是，他们对于我之后做的事情并没有心理准备。我前面所提到的那间小木屋曾经是一个宾馆，一个常常遭到野生动物攻击的西式木堡、一个商店、一个火车站，被贵族巴塔维安祖先包围的罗马碉堡。但它现在变成了其他东西——一个中世纪的城堡，而它会成为中世纪的城堡，因为我读过一本书。

这本书也应该有一章来介绍，因为在我生活的早年容易受事物的影响，它对我的影响比其他事物，包括父母、家庭和朋友都要大。我没有提到教会，虽然我知道每个写他早年经历的人都会提到自己是如何受到《圣经》和莎士比亚的深刻影响。不朽的莎士比亚对我来说不过是个名字，而且是个非常模糊的名字。他存在于一个非常杰出的荷兰翻译本中，它是一个将所有的业余时间都投入到这项巨大的工程的职业植物学家的劳动成果。他所做的工作非常杰出，在我们的小图书馆中有所有的文集，因为对于一个受尊敬的荷兰家庭来说，把威廉·莎士比亚和L.A.J. 伯格斯狄杰克（L.A.J. Burgersdijk）的作品放在书架上会增加一些光辉。我当时不知道莎士比亚大师有怎样的成就，但当我开始看其中的书卷的时候（被《哈姆雷特》这个标题所强烈吸引），我注意到这跟历史有某些关联，所以应该同我自己有关。但是，这个故事超出了我的欣赏品位，我在这个犹豫的丹麦人身上看不到任何东西。他似乎很傻，对他自己有非常多的话，而且非常内疚，但对于他那个不舒服的地位并没有付出任何行动的意思。

在我还很年轻的时候，可能没有这种想法，这也可能成为我之后的判断，因为这种东西总是很容易混淆。然而，我很清楚地记得，与这位伟大的诗人的初次相遇是不成功的。如果要我非常坦白的话，我在阅读莎士比亚的二流作品的时候总是会抑制不住的无聊，不论是那些不断赠送给我的印刷书，还是穿着华丽的衣服出现在舞台上的戏剧。

如果我从来没有读过《哈姆雷特》的话，我现在就不会知道哈姆雷特跟他的爱人结婚了没有。因为在第27场的时候，我总是变得如此烦躁，我的腿开始抖得如此厉害，隔壁那些不断被踢到的人（你知道剧院的座位有多近）就会抗议，然后，吉米就会带我出去以免引起公愤。

某一天，我决定再试一次，因为我想我的儿子和格雷西（他们两个都非常小）需要一点莎士比亚教育，我带上了他俩，尽管我答应他们在圣勒吉斯餐厅吃午餐来贿赂他们，这也使这次的花费非常高。这是一出由非常庄严的演员演出的很好的戏剧。但是，大概过了1个小时，我开始大声打呼噜，格雷西叫醒了我，告诉我说，我的鼻息声严重干扰了那些同样花了2美元75美分来听这位丹麦人说那句"生存或死亡，这是个问题"的其他观看者，除非我能保持清醒，否则她和威廉就会带我出去，带我散步直到我醒来。

在外面的大厅里，我问他们，"好啦，你们喜欢吗？"他们说不。它让他们觉得无聊透顶，如果我没有坚持的话，他们永远都不想来。我们去了阿尔冈昆，喝了点茶，跟弗兰克·凯斯说了会儿话，他告诉我们，因为之前50年的《哈姆雷特》剧演员都是他的老顾客，这让他觉得去看他们的表演是他的义务。"但你喜欢他们吗？"我们问道。

"哦，"圆滑的弗兰克说道，"不会轮到我来评论一个伟大的作家的。"这个事情就过去了。

所以，莎士比亚并没有成为影响我年轻时代的伟大作家之一，而且我很遗憾地说《圣经》同样如此。我的父母、亲戚和他们的朋友很久之前就跟教会断绝联系了。如果他们被责备对每种宗教形式都毫不关心的话，他们就会回答，不是他们离开了基督教，而是基督教离弃了他们。当时这个回答对我来说没有任何意义，现在我明白他们所说的了。18世纪的自由主义（虔诚的教徒们指责它为"邪恶的伏尔泰主义者"）非常礼貌（有的时候并不是如此礼貌）地拒绝了所有信仰。耶稣被保留下来了，但只不过是一个没有任何超自然身份的道德教师。耶稣跟其他的犹太救世主不同，因为他提倡爱而非愤怒，但他是上帝的儿子这个事情就像童话故事一样遭到摒弃，就跟全身甲胄的雅典娜从宙斯的头上长出来一样。

这并不是亵渎神圣，一点都不。在受过更高教育的阶级里，严肃宗教感情的减弱跟道德自觉（因为没有更好的词汇，我们就这样称呼它）的增长是平行的。在18世纪后半期，他们不再满足于这样的陈词滥调，那就是虽然贫困有点让人讨厌，只要我们尽可能地采取措施不让穷人饿死的话，贫困就会消失。

　　在18世纪的下半期，一些有思想的人开始问一个令人忧虑的问题："为什么贫困总是伴随着我们？"他们得到的答案跟我们现在找到的答案一样——他们的无知和智力落后让他们处于受束缚的状态，而教育就是可怕的贫困问题的答案。每个地方都有思想的混乱，直到启蒙思想横扫全国。

　　可能"横扫"这个词有点太强了，因为18世纪的荷兰人非常舒服、非常悠闲，以至他们不会让自己被任何东西"横扫"。但是，在一个叫作马登·纽文修森（Maarten Nieuwenhuizen）的浸礼教牧师的领导下，一个标榜"为大多数人的利益而努力的社团"形成了，它是现代基督教唯一神教派和伦理教育的混合体。这位摩尼肯丹教士在运动初期提出的章程很好地解释了这个组织的目的，那就是通过演讲、公众聚会和出版简单的公众读物，不仅提高上流社会的思想——它还希望吸引"普通人"，甚至穷人都可能在对很多艺术、文学还有过去50年的社会发展熟悉之后，能够收益。当这个计划获得成功之后（那是在1784年，在那之前的20年中没有人读过卢梭的《爱弥儿》，或者讨论他的教学理论），社会将它的努力扩展到教育，而且扩展到为穷人和非特权阶级提供更好的教育系统方面。

　　当我还小的时候，那个组织仍然繁盛，我最早的记忆之一就是被带去纳特（Nut）听讲座（用幻灯片），就像其他大众知道的那样。这个名字，题在了这个组织在很多城市里仍然存在的学校名字上——纳特学校——这在参观的美国人中总是会引起笑话。在荷兰语中，nut（就是德国的nutzen）跟美国的"需求"或者"益处"意思差不多，而那些学校在过去150年间对荷兰的知识发展作出过很大贡献。

　　虽然纽文修森曾经遭受到教会方面的强烈反对，他们指责他就如同几年以后耶鲁大学的提摩西·德怀特（Timothy Dwight）校长指责托马斯·杰斐逊为"野蛮的野兽"一样，他的观点让他受到如此广泛的支持和同情，他的文化和社会观念受到包括我家所在的区域内很多荷兰地区的支持。他们在一个星期的6天中都是很好的基督徒，但在主日那天却不参加礼拜，当然，这让他们成为那些旧正统学说的追随者的攻击目标，这些人不厌其烦地把他们称为邪恶的异教徒、邪神的崇拜者、社会的敌人。

这是个很老很老的故事。确实，怀疑"所有的奴役都是自愿承受"的言论的可能是对的。因为这些道德兄弟姐妹从早到晚的工作就是改善他们更不幸的邻居的命运，把他们从加尔文主义的神权统治强加在他们身上的枷锁中解救出来。但这些可怜的人拒绝他们的帮助，并且带着一种对他们自己痛苦的残酷享受来珍重他们在社会中的卑屈地位。

而这反过来被他们自选的救星所怨愤，最后教会和自由主义者完全分离。在宫廷内，表面上仍然赞成严格的正统学说，因为威廉三世也是这样的想法，我从出生之时就在他的仁慈的统治下。虽然那些追求宫廷荣耀的人很难具有成为任何一种"文明社团"的资格，但他们还是支持正常的主日早晨服务，那对他们来说肯定是不舒服的经验。他们用漂亮的绿色坐垫铺满教堂长凳（通常跟他们的军队制服适当搭配），打开他祖传的《圣经》，那《圣经》已经用深褐色的皮革捆绑好，再用华丽的黄铜锁锁住。然后，他用虔诚的声音朗读今天的布道要宣讲的内容，当他抬起眼睛环顾四周的时候，看到了很大的空地——这个地方在一般的情况下会被"中上层阶级"挤满，而此时他们正带着孩子们在上帝的绿色大自然里散步，教孩子们造物的神奇，熟悉田野的美丽，天上的小鸟，在天空下的水中嬉戏的小鱼。

教堂后面的坏了的长凳都被占用了。但这些聚集在一起的是"普通人"——那些穷得不能支付固定个人座位的人。这些绅士和淑女经过拥挤

莎士比亚并没有成为影响我年轻时代的伟大作家之一

的座位往教堂外走的时候，肯定会有虚荣心的。这些平凡的、闻起来要命的、穿戴可怕的贫民们在过去几百年都是这样，把他们的不干净的帽子从他们不干净的头上拿下来，他们很难不对那些"体面"的人们感到愤怒（医生、律师，还有商人、商店主），他们很少出现在做礼拜的公共场所里。

在这种情况之下，产生了一种三头政治，有旧的正统的神职人员、旧的统治阶级（甚至在现代的民主战争之后，仍然争夺统治权），还有社会最低阶层。有时事实证明这是个非常方便的安排。受尊敬的绅士们将暴民置于控制之下，而最高阶层，通过神职人员的号召力，将这些被剥夺权利的人们的愤怒转移到那些伤害了他们利益的人身上。

当然，这种力量应该谨慎使用。一个社会底层的暴民可以杀死一个17世纪最高政治家让·德·维特（Jan de Witt）的时代以及各处"公正"的法庭能把来自巴尔维德的有自由思想的约翰（在很多方面，他就像是荷兰的托马斯·杰斐逊）送上断头台的时代已经一去不复返了。但是，如果处理得慎重和巧妙的话，这个希腊不完整的合唱可能会在合适的时间出现，每个人都知道，并将这种威胁牢记在脑海中。大部分自由主义者都尽可能在每件事情上对神职人员表示轻视。

直到我12岁或者14岁之前，我从来没有遇到过一个会去教堂、或者施过信礼、或者希望由一个教会的牧师主持婚礼或者葬礼的人。不消说，在这样的环境下我跟圣经没有什么联系，不管是文学上还是其作为人间或世界智慧的源头方面。而我对基督教的了解，要么来自于《圣经》在本国语言中留下的俗语（在荷兰语中有很多），要么是那些天主教在我们周围的残留，其形式主要是古代的教堂、街道的名字、每年的节日，比如说圣诞节、复活节，还有圣灵降临周，当然，我们注意到这些名字是因为他们都是公众节日。

我记得这个是因为当我在我们的小图书馆里面翻寻东西的时候，碰到了一本《给基督教孩子们的圣经故事》的书。这是一本有深黄色封面的书，它里面有很多关于《旧约》的可怕故事的美丽插图。很多我都喜欢，因为所有的孩子都爱流血和战斗。但有一页最吓人。上面画着熊正在吞吃一群孩子，一位有着东方外表的秃头男子站在一旁，指挥这些吃小男孩儿和小女孩儿的野兽。这本书告诉我，那个秃头的老人就是先知以利沙（一个心肠很好的聪明人，他的时间都花在将寡妇的儿子救活上，他曾经用20个面包喂饱了上百个士兵，他还能让铁浮在水上）。他被42个（书中给出的受害者的确切数字）年轻人的嘲笑所激怒，他们嘲笑他秃头，他就诅咒了他们，并召唤了两个母熊将这些孩子撕成碎片。

这是我见过的最无情的行为，让我震惊，这位假装代表上帝之声的人是多么地卑劣。如果一个人秃头了，应该也是上帝的意思，为什么要对那些注意到事实的人生那么大的气？我自己的爷爷也秃头，我的姑姑们总是怂恿我把他的假发拿掉（如果我做到了，就能得到一些饼干作为奖励），但他从来没有弄来任何母熊来撕碎我。最坏的情况就是他捏捏我的耳朵，而他总说"孩子就是孩子"，就算了。为什么要屠杀这42个犹太小孩（看看吧，42个），只是因为他们做的事情就跟我小时候常常被指使去做的事情一样，而且还能得到额外的糖果？在我读了《给基督教孩子们的圣经故事》的那天晚上，我做了一个如此可怕的噩梦，以致我的尖叫声立刻把我的父母引到了我床边。

"天哪，妈妈，"我哭道，"那些可怕的熊会吃掉我！我今天下午把爷爷的假发拿下来了，他的秃头出来了，现在两只熊要吃掉我了！"

当然，妈妈安慰了我，告诉我那是一个愚蠢的书里的愚蠢故事。第二天当我再去找那本《圣经》的时候，它不见了，我之后再也没有见过它。

那是我人生最初12年中第一次也是最后一次碰到《旧约》，所以，说

　　直到我12岁或者14岁之前，我从来没有遇到过一个会去教堂、或者施过信礼、或者希望由一个教会的牧师主持婚礼或者葬礼的人。

《圣经》在我的"影响性时期"有很重要的作用是非常愚蠢的。但这并不意味着我接下来没有接受其他文学的影响,我当时正处于这样一个时期:那个年龄的孩子的灵魂就像是一面白板,机会女神会将所有的信息都刻在上面。

我们每个人都有那样一本在某些奇怪的方面影响了后来人生的书。有些人可能已经忘了这本书。而有些人则表现得很慎重,他们觉得不好意思,因为这样一本在某个时期对我们来说非常重要,并且在我们之后的行为上都留下了印记的书其实是一本非常庸俗的文学作品。是的,甚至在我们发觉最喜爱的就寝时间读物在文学上完全没有价值之后,我们还是生活在它的影响之下,而且在一定程度上被它的道德和世俗教导所影响。

30年之后,我找到了那本难忘的书。它属于我的某个侄女,她送给了我。我把这宝贵的书带回家,考虑着会有怎样的失望等着我,但它并没有我想象中的那么差。它是登载在一本荷兰月刊上的系列故事的合集,由一位生活在泽兰省的小村子的受尊敬的学者编的。他是个善良而可敬可佩的人,但显然他的预算非常低,结果是他被迫使用那些在法国、英国和德国出版物中的片段来作为插图。我知道这个是因为我在这行工作很多年。

每当我所喜爱的杂志到达的时候都意味着快乐的一天,鬼鬼祟祟地读书到很晚。我很少注意到这些插图不是都跟所讲的故事相符,有时候离题太远,会有一点混淆,因为人们可能会发现一棵棕榈树长在本应该是荷兰草地的地方上,或者一个驯鹿在瑞士的阿尔卑斯山出现。但为什么要这么挑剔呢?故事是最主要的,那是多好的故事呀!

男主角是一个13世纪早期的行吟诗人。因为他生活在中世纪,他将自己的身心都交给了他的主人,他的主人不是别人,就是误入歧途的可怜的荷兰威廉二世伯爵，伯爵认为自己的使命就是戴上神圣罗马帝国的王冠。我不明白为什么他那样想。大部分的历史学家要么完全忽视他，要么把他看成一个野心勃勃的年轻人，最好不去管他。但他出自一个现在统治了荷兰差不多三个世纪的家族（在那个时代，是个非常了不起的记录），而且同更多更伟大的朝代有关。

任何到过海牙（在纳粹毁灭这个城市的中心之前）、见过骑士厅的人就会了解到，13世纪的荷兰伯爵是一群非常重要的人。只有非常富裕的人才有能力建造一个像老骑士厅那样让人印象深刻的宫殿。要建立这样一个庄严肃穆的礼堂（它到现在仍然矗立在欧洲西半部偏远地方）需要的不只是一般的财产。就是威廉二世决定拆除旁边的老木屋，代之以石质结构的房子，让他的勃艮第和弗兰德邻居们看看，他也有能力在建筑方面做一件让法国国王都嫉妒的事情。

他没有活着看到最终成果，他在同来自西弗里斯兰的叛乱农民的争吵中很不光彩地被杀死了。但是，对于一个有野心和杰出品质的年轻人来说，想要拥有神圣罗马帝国的王位是非常自然的，而神圣罗马帝国就像伏尔泰非常准确定义的那样，既不神圣，也不是罗马的，也不是帝国。但在13世纪中期，欧洲能提供的最好的东西就是可选择的职位。这并不是个能容易得到的工作，它需要很多实际的积极竞争、拉线、直接和间接的贿赂以便在选举团里面获得充分的选票，只有那些有最好的社会阅历，以及能够吸引到财团的大张汇票的候选人才能够有机会达到一垒。

为了建立起一个可信赖的组织，这个聪明的年轻人开始变得民主，他同莱茵河边的城市结盟，这些城市在罗马时期就遭受攻击，他们很高兴有一个真正的王子能出来代表他们的利益。

这就是我勇敢的诗人做出这些勇敢的举动的背景。他是年轻伯爵的聪明辅臣。他在众多的城镇和城堡之间漫游，并伪装成一个普通的音乐家，秘密计划将他的主人伯爵变成神圣罗马帝国的皇帝。

这部分历史对我来说仍然很模糊，但我对喜爱的音乐家在每月的连载上所作出的大胆行动很是惊奇。没有什么是他不能解决的。他的敌人从来都没有办法将他包围在陷阱里。因为被迫要伪装成小提琴家到处游走，他不能带武器，他最爱的武器就是一根铁棍，它看起来就像普通的拐杖，但重得来只有他自己才能使用它。

他用这根铁棍把一个骑士从马上敲下来了，就好像他是个骑玩具马的小孩一样。在必要的时候，一排的骑士都会倒下来。还有，他是个力量和速度都颇为惊人的运动家，对他来说，追上一匹马都不在话下，而睡觉和休息则是他最忽视的事情。甚至他从不生病，因为当敌人传染他麻风病的时候（通过发给他一封有麻风病毒的信），他立马找到一个友好的女巫，用草药和油膏治好了。

但是，他最出名的领域还是音乐。他在绘画方面也很好，但当时绘画并没有显示出自身价值（150年之后范·埃克兄弟才在伍兹城堡里面绘画，那里也就是格雷文黑吉——意思就是"公爵的篱笆"），他在唱歌、拉小提琴和即兴创作方面都很擅长。但作为一个行吟诗人（带着自己创作的诗行走）、小提琴家和竖琴家，他非常卓著。

我之前就告诉你们，30年后我在侄女的书中找到了那本书，作为回报我给了她一些更现代的书。我把我的宝贝带回家阅读——或者，准确地说是试着读，因为它没有任何文学价值，只不过包含了一些硬捆绑在一起、没有顺序的事件。这些没有生气的人物在舞台上笨拙地移动，我的英雄，他很像一个法国小镇的《浮士德》，经过了卓越的巴黎作曲家查尔斯·古诺（Charles Gounod）先生的加工，他通过加入自己的一点小伴奏到巴赫先生最早的作品《平均律钢琴曲》中，成功地把巴赫的音乐介绍给公众欣赏。

但是，12岁的年轻人是不会注意文学价值的。故事是最重要的，而那个故事非常可笑，它比其他东西给我留下了更深刻的印象。那个快乐时期，每个月都充满了对这个伟人下一步会做什么的猜想。总的来说，我很感激认识了他，因为他可能被描写地很笨拙，但他还是有很多真正的高贵品质。"高贵"这个词在过去的30年中都没有什么好的表现。我们的民主时代倾向于将它同贵族联系在一起，只要提到这个词，人们不自觉地就会想起那些意大利、波兰或者法国血统的聪明人，比如说乌吉布吉伯爵、斯雷佩罗普斯基王子，还有马奎斯·布里·赛尔等，这些都使我们报纸的社会专栏增色不少。他们中的大多数人都没有见到西方的自由女神像的出现，但他们跟"高贵"并没有什么联系，就像销售最好的图书并不一定有最好的文学价值一样，而这也是美国公众现在的迷思。

我在跟自己的孩子们解释"高贵"这个字的时候总是会加一个K。然后，他们就能明白它的意思，就是它非常杰出，值得全世界知道它的完美。而且，我相信（虽然我不是个非常好的语言学家）它混合了希腊的词根gno，这个词根在希腊语中常见，跟知识、发现和理解有关，还有拉丁语中的gnoscere和noscere，也就是"获得知识"的意思。这就是为什么我很喜欢这些老的好词汇，因为它们被赋予了高贵的品质，它们理应被所有人知道。

我那荒谬的英雄，虽然有文学上的缺点，但还是非常值得了解，至少对那些小男孩来说，因为他从来不做很卑鄙的事情，而且为了得到他想要的东西非常努力。

有的时候如果他做了一件非常荒谬的英雄事迹，给我读故事的叔叔或者姑姑就会带着非常温厚宽容的笑容看着我，这对处于那个年龄段的我来说没有任何妨害，在那本书中我受到不自私、忠诚和奉献行为的感动，而在后来的人生中，我发现这些东西是多么缺乏，这令人伤心。这本书有另外一个超越现在的少年书籍的优点。它虽然有点伤感，但不至于脆弱。哭得眼睛红肿的马格达伦，用我们那长期不堪忍受的语言说出不幸的词，但从来都不会妨碍故事进程，而且事实上，就像霍华德·派尔同时期写的《铁人》一样，这本书不会因为女人而烦恼。但是，她们还是存在于背景之中，参加骑士的会堂，在食堂、仆人房、织布机边还有育儿所里面出现。偶尔，她们会受到如同伏尔泰的《老实人》的女主角一样粗俗的待遇，但她们显然经受住了悲惨命运的考验。而且不知怎么回事，作者（直到今天我仍然不知道名字）抓住了13世纪的精神，当时在普罗旺斯的影响下（也是中世纪欧洲留下来的唯一的文明城市），妇女不再同推翻了旧世界的野蛮人时期一样，是家庭的奴役，而是变成崇拜和尊敬的对象。

这一点同样也对我产生了影响。我很喜欢想象自己是杰翰妮女王伯爵或者雷斯博克斯的埃利诺尔朝臣中一员，虽然我很遗憾地说，一旦我扮演这个角色，我总是被怀疑犯了不可见人的罪行，而现在试图通过做与我平素不符的事情来获得好感。

然而，这在一个小孩的性格上的烙印是不会磨灭的。对于女人的稍微不切实际的态度总是跟随着我，这可能也解释了为什么在我的余生中在处理女性问题上总是失败（上帝拯救这个特点）。我从来都没有克服这种想法，女人都住在某种基座上（当然，有些人高，有些人低），并且都很期望成为那些浪漫故事里的女主角，而这对那些中世纪的抒情诗人来说是家

我曾经梦想成为在城堡中为贵族演奏的年轻音乐家

常便饭。直到很多年之后，在经过了精神上的磨炼和眼泪以及银行账户的消耗之后，我终于明白那些抒情故事与吉劳特·里奎尔（Guiraut Riquier）一起消失了（他死于1294年），所有关于复兴骑士时期的尝试都令人惋惜的失败了。当然，我也意识到，好莱坞以"天使之城"中流行的标准为基础，通过给我们新的浪漫成为我们的救星。我曾经非常认真的研究过它们，它们作为现代文化的流行成分，但我很难过地说，尽管有很多不好的个人经验，我还是喜欢13世纪的理想。这可能暴露了我性格中不为人所知的保守部分。在这方面，我只能说这种保守的性格无疑是存在的，现在要对它做任何改变已经迟了。当然，当我只有12岁的时候，我对女人的态度并不重要。

另外一方面，这本书激发了我的抱负，它至少影响了我6年的时间，而12岁至18岁的时间跟1岁至4岁之间的时间是同样重要的。当然，我要把对这个故事的喜爱隐藏起来，因为根据经验我知道，每当我对一本书太过着迷时，它很可能就会被带走，家人可能觉得它会影响我正常的学校学习。

而50年前的荷兰学校是个可怕的地方，任何东西都不能打扰每天课程的流畅运行。

　　所以，我不会让我自己泄露这个秘密，那就是我要变成跟我喜爱的行吟诗人一样的人。每天早上和晚上，我都会跟一个椅子对打，因为在我只有14岁的时候我没有其他东西。当我要一对哑铃作为生日礼物的时候，虽然他们不知道我要来干什么，因为我在学校的健身房

我没有成为一个年轻帅气的行吟诗人，而是成为一个普通的穿着水手服、每天晚上都耗在拉丁和希腊语作业上的普通小男孩。

以怪异行为而声名远扬，但我还是得到了。这些让我厌烦，很不幸我已经有了这样的习惯，不管是什么，让我有一点厌烦我就再也没有兴趣。为什么我突然想变得像桑多一样强壮？我知道即使我告诉他们，他们也不会理解，所以，我假装在悄悄改正在学校的缺点。当然，很少有机会做勇敢的事情，但我发现阁楼上的一个窗户可以上到房顶。每当我感觉没有人会撞见我的时候，我就爬到我们街道上的屋顶。我惊讶于自己当时没有摔断脖子。有过很多次差点发生坏事，因为我曾经沿着镀锌的水槽走（握住瓷砖是软弱的象征），而那些水槽在过去的半年中，都是被雪或者潮湿的叶子覆盖着。

　　在把自己锻造成英雄的过程中，有一个缺点让我很是烦恼。我之前曾经说过，因为愚蠢的女仆，我当时非常怕黑。我试图摆脱这种"黑夜的恐惧"，如那本书中所说的，然后，在其他人都睡了的时候自己一个人走回自己的小阁楼。我经历一个12岁的孩子所能想象的所有恐惧，但我从来都

没办法克服这种可怕的痛苦。很多年后，在康奈尔，从我的房子到镇上的最短的路程有一个墓地，而且是个灯火通明的墓地，但我必须自己走过那个墓地。

甚至到现在，黑暗对我来说都很恐怖，而我也无法解释，除了解释成是小时候那个愚蠢的保姆和她的镜子里的小鬼的故事的恐惧残留。

在正常情况下，这种被压制的野心应该迫使我在学校里做得更好，在学习上把其他的男孩儿甩在我的脑后，但并不是那样。我们的教学非常乏味，而且我很瞧不起那些学习成绩好的伙计们，他们坐在那里就像机器人一样，他们的脑子舔掉老师放在他们面前的所有东西。我相信，如果我能根据自己的方法会做得更好。我喜爱的诗人是否到过很好的私人学校，学习那些混杂的信息，以使他能跟那个时代的有学识的人平等对谈？他没有。他都是自学的，为什么我不能像他一样？但是，因为没有人能指导我读书，没有公众图书馆（除了皇家图书馆，而它又不准小孩进去），而且借图书馆的书需要花费5分每周（而我所有的零用钱只有10分），我的智力营养并不均衡，且总是因为消化不良而不舒服。

在某些领域，比如说历史和文学，我远远超过那些孩子，总是拿到A。同时我也非常喜欢地理，而且我已经（信不信由你）感受到了那些生动的图画，后来在某种程度上给我的历史和地理书籍增添了风味。但我对数学老师没有什么兴趣，在我的人生中，我一次也不能做对类似于317+2458这样的加法，总是会有或多或少的错误。

所以，从一个严格的教育学观点来看，我的行吟诗人对我产生的好影响很少。他启发我去追寻很多超越我当时的思维能力的东西；他使我追寻贝多芬的小提琴协奏曲，而当时海顿的最简单的奏鸣曲都超过了我的能力；他使我独自走过沙丘或者沿着圩田的漫长道路行走，而不是在周三和周六的半天假日同其他的孩子们一起玩足球，因为那样我觉得他与我同在，并能聆听他智慧的忠告。很不幸，那些就是我自己的忠告，因为没有别人跟我讨论那些在我脑海中的最高问题，这些问题只要暴露在现实之中，马上就会被摧毁。一个月又一个月过去了，我带着最令人失望的成绩回到家，在历史、语文和地理上是A，而其他的所有都是E，就是因为他，我才没有尽全力。

但是，因为他，我没有错过世界上的任何东西。他引导我，并为我的生活确立了目标，否则，我只会迷失在普遍存在的自鸣得意中（在50年前的荷兰，确实是这样的）。

我成长在没有任何宗教兴趣的环境下，那些哲学观点超出了小孩子的理解能力。我需要一个确切的思想来规划我的生活，我在这个中世纪的音乐家身上找到了这个思想。从目前的成熟观点看来，我发现他是个完全荒谬的人物，就像那些孩子们从杂志上剪下来的纸偶，穿戴得像一个皇帝或者骑士或者普通的士兵。

我从来都没有试图将他的故事翻译给我的孩子或者孙子看，因为他们不会明白这个故事。所有的东西都过时了。而我这个时代的人可能会记得这个消失了的奇闻。但对我来说，这个老骗子、行吟诗人和斗争者对我的生活产生了很大影响，因为他带我进入了之后都生活在其中的梦想王国。

在被如此有趣地引入到中世纪之后，很自然的，我会希望知道更多关于那个时代的故事，但要找到必要的资源很难，因为在我的家乡只有非常少的历史书籍。但是，我有了父亲的学校书籍，虽然它同我听过的主日学校的布道一样乏味（我跟一个参加这种可怕的活动的朋友一起听讲过），我仔细阅读了有关10世纪至14世纪的每个词语，因此，我了解到曾经一度有一个被称作"封建主义"的制度存在。

将艺术、科学、社会公正还有4项或者5项或者6项自由（它们时间不同，具体也不同）作为人生的追求目标是非常好的事情，但是，如果所有这些的"根"不是深植于安全保障的"土壤"中的话，都不能发展。所以，安全保障就是我们文明的开始和结束，但是，在没有法律的情况下也就没有安全保障。法律如果只写在纸上而没有警察贯彻实施的话就只是空话。

我经历过很多革命。这些革命只有在警察和民众联合的时候才有可能。

151

我经历过很多革命。这些革命（就像人类历史开始的所有革命一样）只有在警察（士兵们就像警察）同民众联合的时候才有可能。在到达这个阶段之前，所有不满的爆发都不会有甚至微小的胜利的机会。警察（还有帮助他们的士兵）应该达到这样一个程度，那就是他开始感受到同人民的团结一致。但是，当达到最终的愤怒点的时候，世界上的任何政府都不能奢望存活。

当然，紧接着发生的事情有时并不受到那些总是生活在法规和秩序下的人们的欢迎。然而，那也没有办法。出生的过程就像生病一样疼痛和不舒服，不管是一个孩子的出生还是一个新的社会或者是经济秩序的诞生——我们应该比其他时代的了解得更多，因为我们生活在历史上最大的革命中。我们每天生活的不便之处让我们看到这一点，虽然我们总是被那些对维持旧秩序非常有兴趣的人所妨碍，他们要求我们相信，每件事很快都会跟从前一样，每个车库里面都会有两辆车，每个盘子里都会有一只鸡。然而，每个车库里有两只鸡、每个盘子里面都有一堆干豆更像是等待着我们的未来50年的生活，而那些负责我们的经济命运的人怀着大胆的欺骗阴谋。我没有能力来试图提醒公众这件事情，我也无法成功。我会因为自己的努力而被称为布尔什维克，我自己的财产也会被榨干。

不管怎样，我都觉得自己是对的，因为历史站在我这边，而历史在见证方面是最无情的。历史显示出，既然在没有安全保障的情况下没有什么能存活，社会必须在做其他事情之前就建立社会保障的环境。这就是为什么封建主义出现了。没有人把它想出来作为一种生活的方法。社会哲学家不会在午夜点燃夜灯，寻找新的通向人间天堂的方法，而这往往会导致相反的后果。它必须成长和发展，为了人类的生存是不可避免的。罗马警察在400年中巡逻了从地中海到北海的每个辖区，但现在只留下管辖的地方，人却消失不见了。他们确实已经从这图画中消失了。有一段时间，人们希望罗马的管辖地能被法兰克国王卡罗勒斯·马格努斯接任，他同教皇一起重建了基于日耳曼而不是意大利的类似罗马的帝国。但是，加洛林王室命运多舛。皇帝的儿子们缺少皇帝那种品质，那也是皇帝力量的来源以及为北部的野蛮人所尊敬的原因。

在大战爆发几年之前，一位很有学识的德国人写了一本有趣的偶发事件对历史的影响的书。他可能受到帕斯卡的著名言论的启发，那就是如果克里奥帕特拉的鼻子长或者短十二分之一英寸的话，那么，人类历史将完全不同（不管恺撒还是安东尼都不会迷倒在她裙下，而奥古斯都会为她疯狂），但他比那位伟大的法国数学家更加深入，他的研究成果非常惊人。泄露他的秘密很有诱惑力，但不可以，因为那样的话，这本书就会变成跟发明摩门教的约瑟夫·史密斯（Joseph Smith）的图书馆的书一样长，它应该更有趣。

但是，很少的"偶然事件"（很少的"不可预测的事件"）在历史发展中产生的破坏作用比某些王朝的高死亡率的影响更坏，这些王朝如果有更好的环境，很有可能成为中欧地区的统治者。

我们不再纠结于合法性原则这个问题。我们的时代，是崇拜普通人的时代（也是我们现代民主的基础），我们嘲笑（如果不是鄙视和怀疑）这样一种观点，那就是应该让一个家族多年担任首席执政一职。究竟哈布斯堡家族、波旁家族、霍亨索伦家族、奥尔良家族、贝纳多特家族、什勒斯威格—霍尔斯坦家族和奥兰治家族（这些人中只有很少仍然存在，而且能够起到全部或者部分的作用）拥有什么样的东西是琼斯家族、怀特家族、史密斯家族以及威廉家族所没有的？他们既不比普通人更好看（上帝知道他们不是），也不是更聪明，现代我们选举这些普通人作为我们的统治

153

者，把他们送进简单的办公室。当然，除了聪明的瑞士人，他们早就废除了一个人的统治，而是选举一群人，然后给他们最高的权力。

我们很奇怪在几千年的时间里，人们是如此愚蠢以至接受并遵守而且憧憬那些"神授王朝"，当时他们非常清楚地知道，这些所谓的"君主家族"的创建者可能是猪倌，或者瑞士小农民、聪明的歹徒、法国的旅店老板、厨子，还有做某项虽然很古老但受尊敬的工作的女士。如果我们读到，古代很多最聪明、最正直的人愿意牺牲他们的生命财产来保卫这些王朝，我们完全不能理解，把他们看成是某种有性格缺陷的人而忽略他们，就像某些宗教狂热分子，我们知道在某个条件下他们看起来很正常，但一旦超过那个条件后，他们会变得完全疯狂，丧失了同现实生活的联系。

但是，如果我们不怕麻烦地来研究这些人的性格，我们会发现，这群人大部分是有杰出能力的人——伟大的学者，当时的引导性科学家，一群智力和道德品质都不会让人有丝毫怀疑的人。他们中有些人是保守的或者是反动的，因为他们为此而生。更多的人在观点上就像你我一样自由，然而他们还是君主彻头彻尾的理想支持者。就像很多年前我教学生们文明的历史时说的："在评判一件经典但不符合你的口味的画或者音乐作品的时候，不要太草率。"

一般来说，如果一幅画或者一段旋律在数个世纪内都受到那些有评价资格的人的赞美，那么，它的价值应该是永恒的。但是，这并不是在所有的情况下都成立，因为人的感情没有符合所有情况的一成不变的规则。